André Gide

安德烈・紀德　　徐麗松 譯

Les nourritures terrestres
suivi de Les nouvelles
nourritures

地糧・新糧

目錄

譯序

踰越之愉悅

——從傳統中破繭而出的紀德、於今世仍歷久彌新的《地糧》與《新糧》

文／徐麗松（本書譯者）

一八九七年出版的《地糧》是紀德最著名的作品之一，可能也是他最受廣泛閱讀的一本書。它超越時代，大膽挑戰世俗，深刻影響眾多法國作家，啟迪無數年輕心靈，對於理解後來的法國文學、思潮與社會心理具有莫大意義。弔詭的是，這本書在出版後許多年間乏人問津，恐怕正如紀德在三十年後的再版序中所言，它因為反抗「矯揉造作、沉悶滯塞」的主流文風，冒犯了「當時的品味」。

豐富文體呈現癡狂生命力

《地糧》大致可以歸類為長篇「散文詩」或「詩歌體散文」，內容禮讚生命與自然、歌頌欲

（慾）望與愛，猶如一篇洋溢喜悅與激情的泛神主義快樂頌。紀德以極高彩度揮灑他的許多文學特質：激越的文采、高亢的詩情、性感的慾望書寫、抒情與理性兼備的心靈呼喚……全書分為八篇，以及書首的〈開場白〉及書末的〈頌歌——代結語〉和〈尾聲〉；本版並含作者寫於一九二七年的再版序。作品揉合散文、小說、詩詞、歌謠等多種形式，一切創作手法無不是在謳歌貫串全書的生命情懷（「我要教給你熱切癡狂」）。熱切癡狂！「寧可大悲大愴，不要平靜安詳」；「不要什麼同理心……要的是愛。」

儘管不像他的日記或自傳《如果麥子不死》（麥田出版，二〇一六）那樣直接講述自己的人生，《地糧》卻也漾滿回憶錄及旅行筆記的色彩。紀德在一八九三年以九個月的時間旅行突尼西亞、阿爾及利亞和義大利，復於一八九五年二度造訪阿爾及利亞，不久後完成《地糧》。布里達、比斯克拉、阿爾及爾、拿坡里、佛羅倫斯、羅馬、蒙佩里耶，都是青春記憶的所在。一個個充滿異國情調的地名成為情感寄託：「高原上的且格嘉，你是否一直凝望著沙漠？——姆萊耶的沙漠，你是否仍把纖弱的檉柳浸入鹽湖？——邁加林，你是否還任憑鹽水澆灌？——特瑪辛，你是否依舊在豔陽下乾癟凋萎？」而在情慾的追尋中，那些牧人當然不只是牧人，夜裡的乾草堆自然也不僅僅是睡鋪。

三個人物構成自我對話

書中有三個人物：敘事者、敘事者的人生導師梅納爾克、敘事者的「弟子」納坦奈爾。敘事者主要希望教導納坦奈爾兩件事：一是拋開家庭、教條和安穩生活的牽絆，二是追尋癡狂無羈的冒險、摒棄一切溫暾和緩的事物。這三個人物不也是紀德三個人生階段的寫照？年歲稍長的紀德啟發了現在的紀德，現在的紀德則亟欲啟迪年少的紀德……

中文詞語「愉悅」與「踰越」的同音性絕妙地映照出《地糧》的兩個重要面向——「神聖」與「凡俗」。透過慾望的召喚、感官的甦醒，紀德闡揚的是一種新的宗教：「別期盼到別處尋覓上帝，祂無處不在。」他力圖踰越神聖與俗世之間的界線，一方面去除神聖事物的神聖性，一方面使凡間的一切（遍地開花的歡愉快悅）洋溢神聖的光輝。在某種意義上，紀德似乎闡揚了古希臘的宗教與哲學思維。於是，《地糧》彷彿一部新時代的福音書，透過細膩、犀利、強烈、繽紛斑斕的文字，傳遞幸福的訊息、快樂的信念，引領讀者掙脫道德桎梏、禮教羈絆，縱情探尋感官淫逸、品嘗人間食糧（「我把愛消耗在許多美妙的事物上。它們之所以光采奪目，乃因我不斷為其燃燒」）。

成為一個全新的人：自宗教、歌德、尼采之承繼

這一切的目的在於找到真我，成為一個全新的人，並由此出發，讓心靈包容天地萬物。「但願這本書能教你關注自己勝於關注書本身，進而關注其他一切更勝於自己」；「善良不過是幸福的輻射，而透過幸福這種簡單的效應，我把自己的心奉獻給了所有人。」也就是說，先造就自己，然後成就萬事萬物。學到這個真諦以後，就要「拋掉我這本書，離開我」。

紀德為敘事者教導的弟子所取的名字充滿象徵意涵。「納坦奈爾」即《約翰福音》中的拿但業，這個來自迦拿的猶太人是耶穌的門徒或追隨者，由於與其他使徒同時蒙召，有些學者在考證後認為他可能是十二使徒之一的巴多羅買。至於安德烈……耶穌的第一個門徒（「首召者」），就是安德烈！紀德自幼深受基督教薰陶，當然知道這些；而名字的選擇更為這本提倡「新信仰」的書憑添宗教氣息。

《地糧》除了從古典文學汲取養分，一部分靈感也來自德國文學。紀德曾說，歌德的《羅馬哀歌》（*Römische Elegien*）是一八九二年間影響他最深的作品。《地糧》也洋溢尼采《查拉圖斯特拉如是說》的旨趣（「超人」的概念、對宗教的譏諷、對快樂與新信仰的追求），儘管紀德不是一直願意承認這兩者間的關聯，但他深諳尼采作品並受其思想啟發，是無庸置疑的事。

與王爾德相互照映

《地糧》也彷彿王爾德《深淵書簡》的「陽版」。不若前者光輝燦爛、滿載熱情，成書於獄中的《深淵書簡》儼然是寫給情人阿弗雷德．道格拉斯的長篇分手信函，筆調陰沉森鬱；但他正是從情趣缺席、愛慾闕如的角度，反向呈現企圖超脫維多利亞時代狹隘道德觀的立場，與紀德的論述不謀而合。

有趣的是，紀德與王爾德曾在十年間發展出十分奇特的交情。一八九一年底，二十九歲的紀德在巴黎的文學沙龍結識正在文壇紅極一時的王爾德，並對這位比他年長八歲的愛爾蘭作家印象深刻。兩人不但同樣與家庭、妻子、情人及評論圈關係複雜糾葛，文學軌跡也有若干令人驚嘆的交疊。某天王爾德對紀德說了一個關於希臘神話中自戀少年納西瑟斯的故事（後來成為《散文詩》〔*Poems in Prose*〕中的一篇），此時紀德湊巧已大體完成〈水仙解〉（*Traité du Narcisse*，〈論納西瑟斯〉）一文，並在不久後定稿出版。

不過，或許是出自內心的不安與惶恐，紀德多次述及王爾德對他的負面衝擊甚至不良影響：「（王爾德）總是試圖誘引你認可邪惡。」但王爾德在一定程度上終究構成《地糧》中「梅納爾克」一角的原型：「梅納爾克很危險，你別掉以輕心；他遭賢人智者譴責摒棄……啊，梅納爾克！我還想跟你踏上其他路途呢。可你憎惡軟弱怯懦，力圖教我離開你。」紀德在《背德者》

（*L'Immoraliste*）中塑造的梅納爾克則更明顯呈現王爾德的身影，與他自己的化身——主角米榭——相映成趣。

儘管紀德與王爾德這兩個文壇傳奇人物的命運迥然不同（後者蒙羞受辱、英年早逝，前者則在爭議中一直屹立不搖，及至獲頒諾貝爾獎），卻在人生及創作中有如此非凡的交集。

天生矛盾：傳統與異端之交戰

「這是一本關於遁逃、關於解脫的書。」在《地糧》的一九二七年再版序中，紀德開門見山地道出本書的另一個重點：作者為了對抗疏離感所做的努力。他要打破既定的遊戲規則：「身為異端中的異端，各種離經叛道的見解、曲折隱晦的思想、分歧偏異的觀念，對我都有莫大的吸引力。」

這種疏離感在相當程度上源自於他的成長背景。他的父親保羅是出身南法嚴謹新教家庭的法學教授，母親茱麗葉．隆鐸（Juliette Rondeaux）則來自三代前從天主教皈依新教的富裕諾曼第家族。拘謹的家庭、保守的教育環境和嚴苛的社會道德都與他的性情嚴重牴觸，導致他在兩個對立世界之間不斷掙扎。一半的他深受篤信宗教的表姊瑪德蓮吸引，並娶她為妻，另一半的他則奮力擺脫禮教的束縛，浪跡天涯、投奔阿拉伯少年的懷抱，以至愛戀前家庭老師、新教牧師阿雷格的兒子馬克。《地糧》寫於一八九五年，而紀德也在同年與瑪德蓮成婚；兩個矛盾面向之間的激烈交戰可想而知。

經年累月沉澱，畢生思考的展現

然而《地糧》出版後，紀德的人生並未在原地逗留。德雷弗斯（Dreyfus）事件、一次大戰、與馬克．阿雷格相戀、瑪德蓮崩潰、《如果麥子不死》引發爭議……經過無數風雨，紀德逐漸為自己找到某種平衡，並在一九二七年的再版序言中表示這本書的作者是「一個剛被治癒的人；總之是個生過病的人。他緊擁生命，彷彿那是某種他險些失去的事物，因而他抒發情感的文字不免流於過度」；但世人卻「慣於將我侷限於其中」，以「這本青春時代的創作來判定我，彷彿《地糧》所呈現的倫理道德一定是我一輩子的倫理道德」。

又過了八年，《新糧》於一九三五年出版。雖沿承《地糧》的華麗文采，卻也在某種程度上與後者形成斷裂，彷彿他想證明他已不是撰寫《地糧》時的紀德。青春浪子的激越狂情轉成熟齡男子的深沉睿智，文字隨之多出幾絲道德教誨的成分，但始終不變的，是對自由意志的執著，以及那份為人生鋪設最美好道路的決心。他仍開宗明義地說：「人是為幸福而降臨凡間，自然萬物無不如此闡明。」

＊

紀德在《日記》中寫道：「最美的東西是從瘋狂呼嘯而出，而後用理性書寫而成……作夢時衝向瘋狂邊緣，寫作時盡量逼近理性。」《地糧》無疑是這樣得來的成果。他如此吟詠地糧：「清風流浪漂泊／輕撫繁盛花朵／我全心全意傾聽／創世初晨的真經……」

葛赫尼耶當然懂《地糧》：

「我似乎覺得，無論它們在哪裡，太陽、大海、花朵都將是我心目中的波洛美群島；一道石牆，如此脆弱、如此人性的防線，將永遠足以為我提供隱蔽，而農莊門口的兩棵柏樹亦足以容我棲身……一次握手，一縷慧黠，一個眼神……這一切是多麼近，多麼殘忍地近，卻都會是我的波洛美群島。」（尚・葛赫尼耶〔Jean Grenier〕，《群島》〔*Les îles*〕，一九三三）

聖修伯里當然懂《地糧》：

「迎著晨曦降落在中轉航站，走進小鎮的咖啡館，在那清晨的第一口溫熱與香醇中，在那融合了牛奶、咖啡和麥香的氣息裡……我們與寧靜的牧場、異國的農園、遙遠的季風達

成交感，就在那一刻，我們與整個地球聲息互通。」（安東尼．聖修伯里，《風沙星辰》，二魚出版，二〇一五）

布維耶當然懂《地糧》：

「曙光升起，逐漸擴散，鶺鴒和山鶉開始唱和成一片……我們趕緊把這輝煌盛大的一刻如船錨般拋進記憶深處……要想描述此時此刻的感受，『幸福』這個字眼實在顯得既單薄又偏狹。說到底，構成人類生命架構的……是少數幾個這種性質的瞬間，它們被一種比愛情更寧靜祥和的懸浮力量抬升，而生命以一種謹小慎微的方式把它們分給我們，以免我們脆弱的心靈無法承受。」（尼可拉．布維耶，《世界之用》，麥田出版，二〇一九）

這般熱切，這般癡狂，都是安德烈，都是《地糧》。

以多元形式撩撥新時代讀者的感性與知性

「我感官的至喜極樂，無非乾渴已然得解。」《地糧》非但讓蠢蠢欲動的感官獲得至喜極樂，也讓焦渴的心靈如獲甘霖，而其形式多元的風貌讓我們可以用不同方式讀它。從頭到尾一氣呵成，從中尋找敘事脈絡，自是極大樂趣；但運用零星時間，心血來潮時翻開任何一頁，也都能帶來意想不到的收穫。這是它有資格成為「最佳枕邊／地鐵讀物」的重要因素。

不禁想起卡繆在為葛赫尼耶散文集《群島》撰寫的序文中所言：「我們需要某個人——比方說某個生長於彼岸他方，同樣也熱愛光線、熱愛燦美軀體的人——前來，用一種無可模擬的語言告訴我們：這些表象是美麗的，然它們必將消逝，因此必須不顧一切地愛它們。」吟詠人間食糧的說書人、教導納坦奈爾的啟蒙者，不正也是這樣一個異鄉人！

譯稿交付，行將付梓。《地糧》的文字早已銘刻在心，時時躍然眼前。此刻我想到所有第一次翻開這本書的讀者——你們將任憑一個個真切告白與雋永識見牽動內心似曾相識的知覺，如初嘗禁果般悄悄啃食人間食糧，彷彿墜入情網的戀人只想私藏珍愛，妒忌任何想要前來分食的他人。我羨慕你們這趟嶄新而私密的旅程。

徐麗松

二〇一九年十一月二十一日於法國勒瓦羅瓦—佩雷

致吾友

莫里斯・齊佑[1]

1 譯注：莫里斯・齊佑（Maurice Quillot, 1870-1944），曾創辦幽默刊物《少年誌》（*Potache-Revue*），並陸續出版數部小說和文集，但文運不濟，後來移居布根第鄉間，紀德曾於一八九二年前去小住。

地糧

Les nourritures terrestres

這便是我們在凡間所吃的食糧。

《可蘭經》‧第二卷第二十三章

一九二七年版自序

這是一本關於遁逃、關於解脫的書，然世人慣於將我侷限於其中。謹藉此次再版機會，向新的讀者提供幾條思索蹊徑，以更精準的方式勾畫本書撰寫的背景與動機，使它不再顯得那麼自命不凡。

第一、《地糧》一書的作者即便不是一個病人，至少也是一個正在康復的人、一個剛被治癒的人；總之是個生過病的人。他緊擁生命，彷彿那是某種他險些失去的事物，因而他抒發情感的文字不免流於過度。

第二、我寫這本書時，文壇風氣矯揉造作、沉悶滯塞，令人不堪；因而自覺亟須讓文學重新接觸大地，打著一隻赤腳穩穩踏在地面。

這本書觸犯當時的品味到了什麼程度，由它全然遭受冷落可見一斑。沒有任何評論家談到它；在十年內，銷量區區五百本。

第三、我寫這本書時，因為結婚的關係，生活剛剛穩定下來；我主動斷離某種自由，但我的書作為一件藝術品，反而立刻更加急切地要將它追討回來。我在整個書寫過程中完全坦率，這點自不待言；而且我也本著相同的率真披露我的內心。

第四、在此補充說明，當初我自認不會在這本書上滯留不前。我描繪的是一種浮動、無羈的狀態，我設法勾勒那種狀態的特徵，就像小說家刻劃一位主角的特質，他筆下的主角縱然與他相似，但仍舊是他的創造物；甚至今天我會覺得，我在勾勒那些特徵時，必然將它們從我身上剝離了，或者，也許這麼說會更恰當——我必然將自身抽離了它們。

第五、一般人會根據這本青春時代的創作來判定我，彷彿《地糧》所呈現的倫理道德一定是我一輩子的倫理道德，彷彿我頭一個就完全不遵守自己向年輕讀者提供的建議：「拋掉我這本書，離開我吧。」其實，我立刻就脫離了寫《地糧》那個時候的我；以至於現在如果我檢視自己的人生，我會發現其中最顯著的特徵並非反覆無常，而是始終不變。這種深植於心靈與思想的忠誠，我認為是彌足珍貴的。如果有人在行將就木之際能看到他們曾經立志要做的事皆已達成，請將他們列舉出來，讓我跟他們並肩齊坐。

第六、再提一點：有些人只能看到，或說只願意看到，這本書的意旨在於頌揚欲望與本能。個人認為這種見解似乎略嫌短淺。就我本身而言，當我重新翻閱它時，我看到的更多是一種對匱乏困頓的謳歌。這是我在棄絕一切時唯一銘記於心的部分，也正是我至今信守如一的初衷。如同我隨後所將講述，拜此之賜，我後來歸附了《福音書》的教理，藉以在忘我的境界中覓得最完美的自我實現，達成最高度的期許，以及最無可限量的幸福可能。

「但願這本書能教你關注自己勝於關注書本身，進而關注其他一切更勝於自己。」這段話，你在《地糧》的前言和結尾都已經可以讀到了，何苦硬要我重複？

紀德

一九二六年七月

開場白

納坦奈爾，請別誤解我隨興之所至，為這本書取的唐突名字；將它題名為《梅納爾克》也未嘗不可，但梅納爾克與你一樣，從不曾存在。唯一可行的人名是我自己的名字，本來的確可以把它印上封面；只不過這樣一來，我怎還好意思在書上署名？

我毫無矯飾，不顧廉恥地縱身而入；雖然我在書中談及我從未造訪的國度、尚未嗅聞的芬芳、不曾做過的行為——抑或說到我還無緣謀面的你，我的納坦奈爾，那絕非出自虛偽造假，而且如同你的名字，那些事物也非關謊言。納坦奈爾啊，你即將讀我這本書，而我在不知你將有何名的情況下，還是給你冠上這個稱呼。

待你看完我的書，請你把它拋棄，然後出發。我希望它將給予你遠行的欲望——從任何地方出走，離開你的城市、你的家人、你的斗室、你的思想。別把我這本書帶在身上。倘若我是梅納爾克，為了引你走一程，我會拉起你的右手，且你的左手渾然不覺；而一旦我們遠離了城市，我頃刻就會把抓著的手放開，我會對你說：忘了我吧。

但願這本書能教你關注自己勝於關注書本身，進而關注其他一切更勝於自己。

第一篇

但願你的視覺時時更新。

智者，就是對一切感到驚奇的人。

我那曾長年沉睡的慵懶幸福
就此清醒……

——哈菲茲[2]

1

納坦奈爾，別期盼到別處尋覓上帝，祂無處不在。

●

天地萬物都在指點上帝的存在，但無一能予以揭示。

一旦我們的目光停駐在某個事物，它就會帶我們遠離上帝。

●

其他人忙於發表著作或鑽研工作，我卻花了三年時間旅行，力圖忘記我曾勉力強記的一切。這個去除學識的過程既緩慢又艱難；對我而言，它比人們灌輸給我的所有知識更加有用，說真

2 譯注：胡瓦加・沙姆斯・丁・穆罕默德・哈菲茲・舍拉子（Khouajeh Chams ad-Din Mohammad Hafez-e Chirazi, 1325-1390），被譽為「詩人的詩人」，波斯最著名抒情詩人。

的，這才是一種教養的開始。

你永遠不會知道我們得做多大的努力，才終於對人生產生了興趣；但既然現在我們對它感興趣了，它就跟任何事一樣，令我們身不由己。

●

我暢快地懲罰我的肉體，藉由懲罰感受到比透過犯錯所獲更多的歡愉——我不只是在單純地犯罪，這令我因自豪而陶醉。

●

在心中拋掉**功德**的觀念吧；那其中帶有對心靈的一大羈絆。

●

……人生的道路混沌渺茫，這令我們終生憂煩。該怎麼跟你說？仔細想來，一切選擇都可怕至極；自由也可怕，假使不再有某種職責引領它。那像是在一個全然未知的國度選擇一條道路，在那裡，人人都在做**自己的**探尋，而且你要注意，他們只是為自己做這件事；於是，就連在最令人陌生的非洲踏上最不確知的一條路徑，都還比這個要牢靠……一片片綠蔭吸引著我們；一個個幻象呈現尚未枯竭的清泉……然而清泉流瀉，毋寧是我們的欲望使然；因為一方地域乃因我們趨近才逐漸成形存在，周遭景物則隨著我們的行進排列展開；放眼天際，我們一無所見；即便近在眼前，也不過是接二連三、變幻不定的表象。

但討論如此嚴肅的主題，為什麼採用比喻？我們都以為必須發掘上帝。可惜啊！在找到祂以前，我們並不知道該面向何方祈禱。然後我們終於告訴自己，祂無所不在，無處不有，卻無可尋得，於是我們就隨著機遇跪拜了。

納坦奈爾，你將效法那些手持火把，為自己引路的人。

●

無論往何方去，你只會遇見上帝。「上帝嘛，」梅納爾克總說：「就是我們眼前所見。」

納坦奈爾，你要沿路觀看一切，但別在任何地方停留。你要明白，唯獨上帝不是瞬時存在的。

●

但願**要緊關鍵**存在於你的目光，而不在你所注視的事物。

●

所有你留存在心的知識，即便**清楚明白**，但直到海枯石爛，依然將與你涇渭分明。你又何必如此珍惜？

●

欲望是有益的，欲望的滿足同樣有益——因為欲望由此而倍增。告訴你一句真心話，納坦奈爾，占有欲求之物向來是虛幻的，每種欲望本身帶給我的富足，勝過無謂的占有。

●

納坦奈爾，我把愛消耗在許多美妙的事物上。它們之所以光采奪目，乃因我不斷為其燃燒。我樂此不疲。一切癡狂之於我，皆是一種愛的耗損，一種妙不可言的耗損。

身為異端中的異端，各種離經叛道的見解、曲折隱晦的思想、分歧偏異的觀念，對我都有莫大的吸引力。一個人的心靈唯有與眾不同，才能引起我的興趣。我甚至將同理心從自身排除，因為我在其中所見的，只是某種對共通情緒的認可。

不要什麼同理心，納坦奈爾——要的是愛。

●

行動時毋須**評斷**這個行動是好是壞。愛的時候，不必顧忌這份愛是善是惡。

納坦奈爾，我要教給你熱切癡狂。

●

人生在世，納坦奈爾，寧可大悲大愴，不要平靜安詳。除了死亡的長眠，我不要別種休憩。我惟恐此生沒法滿足的欲望、未能揮灑的精力為求存續，還來百般糾纏。我**希望**自己能在人間大地盡情表達一切在內心蟄伏等待的事物，然後全然不再有希望，圓滿地死去。

●

不要什麼同理心，納坦奈爾，要的是愛。你明白這並不是同一回事，對吧？我是因為害怕失去愛，才跟種種憂傷、煩惱、苦痛產生了交感，要不然我是難以容忍這些情緒的。每個人的生活，就由他自己打理吧。

●

（今天我沒法寫，因為糧倉裡有個機輪一直在轉。昨天我就看到它在打油菜籽了。糠秕橫飛，籽粒滾落一地，塵土嗆得令人透不過氣。一名婦女在推動石磨。兩個光著腳的俊俏男孩忙著撿拾菜籽。

我愴然淚下，因為我再沒什麼可說。

我知道，一個人除此以外再沒什麼可說時，他就無以提筆。可我還是寫了，而且就著同樣這個話題，我還會寫下去。）

●

納坦奈爾，我想要給你一種還沒有誰賜予過你的喜悅。我明明就擁有它了，卻不知道怎麼將它給你。我想要用一種比任何人都親密的方式與你交談。我希望來到這樣一個夜闌人靜的時刻：你已翻開又闔上一本本書，在每本書中尋覓比它已經揭示給你的更多的啟發；你還在等待；你的熱切癡狂因為自覺無法得到扶持，即將轉為憂傷。我只為你而寫，只為這樣的時刻而寫。我想寫給你一本你會覺得不帶有任何思想、任何個人情感的書，你以為從中只會看到自身癡狂的投射。我想接近你，希望你**愛我**。

●

憂鬱無非是癡狂從空中摔落的結果。

●

一切生靈皆可赤身裸體，萬般情感均能圓滿充盈。

● 我的種種情感如宗教般開展。你能否明白：任何感覺都具備無止境的存有。

● 納坦奈爾，我要教給你熱切癡狂。

● 我們的行為依附著我們，就像磷光依附著磷。固然這些行為在耗損我們，但它們也化成我們的光采。

假如我們的靈魂有點什麼價值，那是因為它比其他某些人的靈魂燃燒得更熾烈。

我見過你了，沐浴在蒼茫晨曦中的廣闊田野；藍色的湖泊啊，我曾在你的碧波間倘佯——還有那笑吟吟的清風，每當它輕撫著我，都讓我不禁喜上眉梢。納坦奈爾，這些都是我將不厭其煩，要一直對你訴說的。我要教給你熱切癡狂。

假使我知道一些更美的事，我對你說的就會是那些——當然是那些，不會是別的。梅納爾克，你教給我的不是智慧。不是智慧，而是愛。

●

納坦奈爾，我對梅納爾克的感情超乎友誼，幾乎稱得上是愛。我愛他如同親兄弟。

梅納爾克很危險，你別掉以輕心；他遭賢人智者譴責摒棄，但孩子們對他卻毫無畏懼。他教他們別再只愛家人，而且逐漸引導他們脫離家庭；他讓他們的心萬分渴望酸澀的野果，企求奇異的情愛。啊，梅納爾克！我還想跟你踏上其他路途呢。可你憎惡軟弱怯懦，力圖教我離開你。

每個人身上都有各種奇特的可能。若非因為過去已將一個故事投射到現在，現在原本可以充盈著所有可能的未來。可惜啊！可惜！單一的過去只會提案無二的未來——將它投射在我們身前，彷彿在空間中拋出一條無止境的線。

●

我們只能設法確保永遠不做自己無法理解的事。理解，就是覺得自己有能力去做。**盡力承擔**

人性中最多的可能，這才是金玉良言。

人生的各種不同形式啊——在我眼中，你們都是美的。（此刻我對你說的，就是從前梅納爾克對我說過的話。）

●

但願我已體驗過人間所有激情、所以罪惡；至少我是努力促成過它們了。有些夜晚，我瘋狂到幾乎信仰起自己的靈魂，因為我是那麼強烈地感覺它就要脫離我的軀殼。——梅納爾克還曾這麼對我說。

●

於是我們的人生將像那只裝滿冰水的杯子般展現在眼前，像發燒的人捧在手中那個溼答答的杯子，他想喝水，就算他明知應該稍安勿躁，他還是一飲而盡；高燒將他烤得焦渴難耐，而水是那麼沁涼，他就是無法將如此甘美的一杯水從唇邊挪開。

2

啊！我多麼痛快地呼吸夜晚的寒冷空氣！啊！窗櫺！淡淡的月光穿過迷濛霧氣，猶如泉水般流瀉進來——彷彿可以暢飲。

啊！窗櫺！有多少次，我的額頭貼近你的玻璃，求取一股清涼，又有多少次，我跳下乾柴烈焰的床鋪跑向陽台，仰望靜謐無垠的蒼穹，熊熊慾火隨之煙消雲散。

昔日的狂熱激情啊，你們致命地耗損我的肉體；但人信仰上帝若一刻也不得分心，靈魂又會多麼疲憊！

我對上帝的崇拜執迷到駭人的程度；我整個人都因而覺得狼狽不堪。

梅納爾克對我說：靈魂的幸福是不可能的，但你還會為此尋覓很久。

過了最初那些充滿狂喜但值得商榷的時日，在遇見梅納爾克之前，我度過一個焦急等待的階段，彷彿在穿越一片沼澤。我竟日渾渾噩噩，就算睡眠也無法令情況好轉。我吃完飯就上床睡覺，醒來時卻更覺得疲乏，精神恍惚麻木，好像一場蛻變正在醞釀。

生命正在進行幽微隱晦的行動；潛在的作用，未知的萌生，艱難的分娩；昏睡，等待；我像蟲蛹，處在沉睡狀態；我讓自己即將變成的那個新生命在體內成形，而它已經與我大不相同。光線彷彿透過一重重泛綠的水幕和繁密的枝葉，才照到我身上；所有感受昏亂迷離，好比泥醉或重度量眩的狀態。「噢！」我哀求道：「但願終於急症發作，讓我大病一場，苦痛難捱！」我的頭腦猶如山雨欲來，烏雲密佈，壓得人幾乎無法透氣，裝滿怒氣的晦暗天囊遮住碧空，萬物盡在等待雷電將它劈開。

等待啊！你還將持續多久？等待過後，又還將剩下什麼讓我們賴以生存？「等待！等待什麼呀！」我高聲呼喊。「難道有什麼東西不是從我們身上產生出來的？而從我們身上產生出來的，難道有什麼是我們不懂的？」

阿貝爾出生，我訂婚，艾里克去世，我生活中的動盪非但未能終止這種昏沉恍惚的狀態，反而好像令我進一步深陷其中，因為導致我這樣麻木不仁的，似乎正是我的紛亂思緒和優柔寡斷。我真想化為草木，在潮溼的土壤中無盡安眠。有時我自忖，或許我的痛苦結束時，逸樂就會到來，於是我在肉體的耗蝕中尋找精神的解脫。而後我又沉沉入睡，彷彿嬰孩大白天熱得發昏，讓人安頓在熱鬧的房子裡睡覺。

然後我從悠遠的夢田醒來，渾身冒汗，心臟砰砰跳動，拍打沉甸甸的腦袋。光線透過緊閉百葉窗的縫隙，由下往上滲進來，在白茫茫的天花板上映出草坪的綠色反光。這向晚的微光是我唯一的美妙慰藉，猶如久處洞穴，四周被黑暗包圍，忽而來到洞口，乍見天光灑落在葉叢間、綠水畔，微微顫動，看起來那麼柔和而迷人。

家中的喧鬧聲隱約傳來。我慢慢恢復神智。我用溫水洗把臉，無精打采地走到外面的平地，在花園的長椅上坐了下來，無所事事，只等著夜幕降臨。我總是疲勞倦怠，不想說話，不想聽人說話，不想寫作。我讀到這樣一段：

……我往前方看去
道路杳無人跡
海鳥振翅展翼
正在沐浴嬉戲……
我得在此棲息……
……他人迫我蟄居
在林間濃蔭底
橡樹下，地窖裡
冷森森這土屋
我已無比厭膩
暗幽幽那山谷
高巍巍的丘崗
悽慘啊這樹籬

披滿尖銳荊棘
了無樂趣的居驛。[3]

圓滿人生可能存在，只是尚未實現，這種感覺不時隱約可見，去而復返，益發縈繞心田。

我的整個身心感受到莫大的需求，亟欲浸入新生的清泉。我企盼年少青春二度到來。啊！為「啊！」我呼喊：「可否扳開窗縫，讓日光湧入，閃耀在這反覆無止的磨難間！」

我的眼睛沖淨書本的塵垢、換上全新視覺，讓它們更加澄透明亮，彷彿它們凝視的藍天——一如經過連日雨洗，今天的青空萬里。

我生了病，我出發旅行，邂逅了梅納爾克；我的身體奇蹟似地康復，宛如輪迴重生。我以新人之姿再生於世，倘佯在全新天地，周遭事物皆已徹底更新。

3

納坦奈爾，我要與你談等待。仲夏期間，我見過原野在等待，等待些許甘霖。路上的塵埃變得太輕盈，稍一起風，便要漫天飛舞。那早已不再是渴求，而是一種焦慮。大地乾枯龜裂，彷彿是為了迎接更多雨水。荒原上的野花香氣嗆鼻，令人近乎無法忍受。烈日當空，萬物逐漸暈厥。

每天下午，我們會到露台底下休憩，稍微躲開炙熱難當的豔陽。時值毬果樹木蓄滿花粉的季節，它們輕易搖擺枝條，讓花粉傳播到遠方。天空正在醞釀暴風雨，整個大自然都在等待。這肅穆的一刻太過凝重，連鳥雀也靜默無聲。溽暑在地面蒸騰，一切似要陷入昏迷；松柏的花粉宛如金黃的煙霧，從枝葉間飄散而出。——然後雨就下了起來。

我見過天空在等待黎明時蕭索顫慄。一顆接著一顆，星星光芒消逝。牧原汎溢著朝露；凜冽的空氣襲來，如冰冷的撫觸。在一段時間裡，混沌不明的生命似乎還想在睡夢中流連，我那仍然困倦的頭腦遲滯昏沉。我往上步向林邊，在那裡席地而坐；所有動物因為確知白晝即將降臨，逐漸重拾日常工作、恢復歡欣喜樂，生命的的奧祕沿著綠葉的齒緣，重新悄悄散播。——然後天就亮了。

我還見過別的黎明景象。我見過夜幕降臨前的等待……

●

3　譯注：原書說明《放逐之歌》（*The Exile's Song*），由法國評論家泰納（Hippolyte Taine, 1828-1893）引用及翻譯，出處為泰納著作《英國文學史》（*Histoire de la littérature anglaise*）。

納坦奈爾，但願你內心的每一份等待連欲望都談不上，而是一種準備迎接的狀態。等待朝你而來的一切吧；但是，就只能欲求朝你而來的那些。只能欲求你所擁有的。你要明白，在一天中的每一刻，你都能擁有上帝的全部。但願你的欲望自愛而發，願你所擁有洋溢愛意。因為，欲望若無其效果，又算得上什麼欲望？

●

什麼！納坦奈爾！你擁有上帝，竟渾然未覺！擁有上帝，就是看見祂；但我們並不能觀看上帝。巴蘭[4]啊，在任何一條小徑的轉角處，你的靈魂就停駐在上帝面前，難道你沒看見祂？只因你對祂另作想像罷了。

納坦奈爾，唯獨上帝是我們不能等待的。等待上帝，納坦奈爾，那代表不明白你已經擁有上帝。別把上帝和幸福當成兩回事，要把你的所有幸福擺在當下。

●

我把我的全部資產帶在身上，好比晦暗東方的婦女將所有財寶佩戴一身。在生命中的每個片刻，我都能感覺我的全部財富充盈在內心。這財富並非許多特定物件的加總，而是由我忠貞不二的崇敬所構成。我無時無刻不在全力把握我的所有財富。

你要把夜晚看作白日必將投身的歸宿，將晨光視為萬物創生的地方。

●

但願你的視覺時時更新。

智者，就是對一切感到驚奇的人。

●

納坦奈爾啊，你的心智之所以疲頓，無非是因為你的財產太紛雜。你甚至不知道在**那所有財**

4 譯注：巴蘭（Balaam）是《希伯來聖經．民數記》中一名不是以色列族裔出身的先知。摩押國王巴勒曾召他詛咒以色列人，但他依照神的命令祝福以色列人。他在希伯來《聖經》及新約《聖經》中被視為惡徒，根據《啟示錄》的記述，他後來又告訴巴勒王如何引誘以色列人犯罪，最終導致上帝讓瘟疫降臨，以為懲罰。不過某些典籍側重他曾祝福以色列人的事蹟。

產之中，你比較喜歡哪一樣，你也不明白，唯一的財富就是生命。最微小的生命片刻，都比死亡更加強大，而且是對死亡的否定。死亡不過是通往其他生命的許可，讓萬物得以不斷更新；如此一來，便不會有任何形式的生命占有比它進行自我表達所需更多的時間。你話語響亮的時刻，即是幸福的瞬間。在其他時間，請你傾聽；但當你開口說話，就別再聆聽。

納坦奈爾，你應當在內心焚毀所有書籍。

●

〈輪旋曲〉

——以此崇敬所有我焚毀的書

有些書供人在課桌前

端坐在小板凳上閱讀。

有些書是讓人邊走邊讀

（這也是它們的規格所致）；

有些適合帶到森林，
還有些適於其他田野，
如西塞羅[5]所言：「與我等同赴鄉間。」
有些書我在驛車上讀過；
還有些我躺在糧草倉房中讀。
有些書要人相信靈魂存在；
有些則企圖令靈魂絕望。
有些書設法證明上帝存在；
有些則無法加以證明。
有些書不見經傳，
只能收存在私人書房。
另有些書卻備受

5 譯注：馬庫斯．圖里烏斯．西塞羅（Marcus Tullius Cicero, B.C.106-43），羅馬共和國晚期哲學家、作家、雄辯家、律師、政治家。西塞羅是古羅馬最傑出的演說家和作家之一，也曾擔任執政官（羅馬共和國最高民選職位）。他提倡自由主義，支持憲制，被後世視為三權分立說的古代先驅，對文藝復興及啟蒙時代的歐洲文學、哲學與政治理論影響深遠。

權威批評家的頌揚。

有些書只談養蜂的學問，
某些人會覺得太專門；
有些書詳盡鑽研大自然，
看完就不必再出門遊玩。

有些書為賢智之士所不容，
孩童卻看得津津有味。

有些書堂堂號稱選集，
收錄各方對諸多論題的真知灼見；
有些書旨在讓人熱愛生命；
還有些書作者寫完卻自盡。
有些書竭力散播仇恨，
結果反而惡有惡報。

有些書讀來彷彿光芒四射，
字句飽含謙遜，散放無盡喜樂。
有些書如同活得更純良精采的兄弟，
令我們萬分珍惜。
有些書文字奇特晦澀，
即便反覆研讀也無以釐清。

納坦奈爾，何時我們才能燒盡所有書籍！

有些書一文不值，
另有些書價值連城。
有些書講述帝王后妃，
還有些描繪貧苦百姓。

有些書文字何等輕柔，
勝過午間樹葉呢喃。

當年約翰在拔摩島
如老鼠般啃食的就是一本書[6]；
但我更愛享用覆盆子。
他啃完書後滿腔苦悶，
自此幻覺紛至沓來。

●

納坦奈爾！何時我們才能燒盡所有書籍！

●

光在書中讀到海灘上的細沙多麼柔軟，對我而言並不足夠；我要用赤腳去感受它……一切知識如果沒有透過感覺先行體驗，在我眼中都沒有用處。

在這世間，每當我見到溫柔美好的事物，必然想要傾注深情，輕撫相和。大地啊，你那情意綿綿的美貌、繁花似錦的容顏，是多麼曼妙。我將欲望深藏其間的風景！任我馳騁闖蕩的闊野；

紙莎草在水面構築的幽徑；斜垂在溪邊的蘆葦；豁然開朗的林間空地；透過枝葉展現的平野，無盡的許諾！我曾信步走過岩石或草木簇擁的通道。我曾眼見春天縱情伸展。

萬象姿采紛呈

這天以後，生命的每一瞬間都為我帶來新鮮滋味，一份無以言喻的贈禮。我就這樣處在近乎持續不斷的熱情與驚嘆裡。我很快陶然眩暈，在某種昏醉狀態中暢意行走。

毋庸置言，我一見人唇邊漾起笑意，就想獻上親吻；看到頰上泛出鮮血、眼角淌下淚水，便要啜飲吸吮；碰上枝條向我盪來甜美果實，自然不禁大口咬食。途經每家客棧，飢餓馬上對我招手；走到每處清泉，乾渴立刻襲向口舌——且在各個泉畔，都是不同的口渴感受；——但願我能用別的詞藻，痛快表達我的其他想望：

6　譯注：拔摩島的約翰是新約《聖經》中《啟示錄》的作者，也稱為神聖者約翰、啟示者約翰、神學家約翰、拔摩島之鷹或先知約翰。拔摩島即愛琴海上的希臘島嶼帕特摩斯（Patmos）。《啟示錄》記載他居住在該島，而多數《聖經》史學家相信，他是因為羅馬皇帝圖密善迫害基督徒而流亡到那裡。二世紀初期以後的基督教會傳統大都將他視為十二使徒中的約翰（也就是《約翰福音》的作者），不過許多近現代學者研究指出，這兩個約翰應該是不同人物。

在道路開展時邁步前行；
在誘人綠蔭中安靜休憩；
在深水邊緣悠然游泳；
在每處床沿愛戀或酣眠。

我將手大膽伸向每件事物，相信自己有權得到所有欲求的對象。（況且，納坦奈爾，我們企盼的絕非占有，而是愛。）啊！但願萬物在我眼前染上奇光異彩；願世間一切美麗披綴我的愛意，無盡地蔓延。

第二篇

納坦奈爾，我要教給你熱切癡狂。

納坦奈爾，不要駐留在與你相似的事物旁邊；切莫駐留在那，納坦奈爾。一旦環境變得與你相似，或者你變得與環境相似，那麼環境對你就不再有益了。必須離開它才行。

食糧啊！
我指望你的到臨，食糧！
我的飢餓不會半途歇息；
若不得滿足，它不會停止叫嚷；
大道理無法令它臣服，
我能靠節食養育的只有我那靈魂。
滿足啊！我在找尋你。
你像夏日黎明那般旖旎。

●

暮晚流泉更纖淨，午間甘甜可人；破曉前冰凍的溪川；破浪而來的海風；桅檣林立的海灣；拍打節奏的暖岸……

啊！倘若還有通向平野的道路，正午的炙熱；田間的暢飲，還有讓人在夜裡棲身的乾草堆；倘若還有通向東方的道路；劃在心愛海洋的航跡；摩蘇爾[7]的牧歌；倘若還有通向北方的道路；尼基尼[8]的市集；揚起雪花的雪橇；冰封的湖泊；那麼，納坦奈爾，我們的欲望自然就不會煩悶。

船舶駛入我們的港口，從不知名的海岸運來成熟水果。快點把貨卸下來，好讓我們終於能品嘗它們的滋味。

●

食糧啊！

我指望你的到臨，食糧！

滿足啊！我在找尋你。

你像夏日黎明那般旖旎。

我知道我的每一種欲望

都已準備好它的答案。

7 譯注：摩蘇爾（Mossoul）是伊拉克北部大城，在古代曾是亞述帝國城市尼尼微。

8 譯注：尼基尼（Nijni）字義為「下方」，即俄羅斯城市下諾夫哥羅德（Nijni Novgorod）的口語簡稱。下諾夫哥羅德在蘇聯時期被改稱為高爾基（Gorky），以紀念前蘇聯作家、蘇聯文學創始人馬克西姆．高爾基。

我的每一份飢餓
都在等待屬於它的補償。
食糧啊！
我指望你的到臨，食糧！
我所有欲望的滿足感受，
我踏遍海角天涯找尋你！

我在人間大地所知最美的事物，
啊，納坦奈爾！那就是我的飢餓。
我的飢餓總是那麼忠實，
忠於等待它的一切。
夜鶯可是因美酒而醺醉？
鷹鷗為乳汁而醉？
抑或畫眉醉飲刺柏子酒？

翱翔令鷹鷗陶然。夏夜使夜鶯迷醉。平野因暑熱而顫抖。納坦奈爾，願每種感受都能為你化成醉意。倘若你吃的東西不能讓你陶醉，那只是因為你的飢餓還不夠深刻。

每一次完美行動都有醉人的欲樂與它相伴。你由此得以知曉，你該進行這個行動。我真不喜歡那些把苦勞說成功德的人。既然覺得那是苦，當初就應當去做別的事。人若能樂在其中，代表那工作適合於他；納坦奈爾，我是否由衷感受到樂趣，這是我最重要的行動指南。

●

我懂得了我這肉體每天所能欲求的奢淫、我這頭腦每天所能承受的逸樂。然後我將沒入夢鄉，自此天地於我便一文不值。

有些疾病分外離奇，
硬要自己沒有的東西。

「我們也一樣，」他們說：「我們也一樣，我們的靈魂必將經歷可悲的苦惱！」大衛[9]中渴求

9 譯注：大衛（ca. 1010-970 BCE）是以色列聯合王國的第二任國王，其前任為掃羅王，繼任者為所羅門王。

池中的清水。你說：「啊！誰能為我帶來伯利恆的牆腳湧出的清涼泉水！兒時的我曾在那裡飲水解渴，如今發燒令我口乾舌燥，那水卻已遭囚俘。」

納坦奈爾，切莫想再取嘗昔日的甘泉。

納坦奈爾，絕不要試圖在未來找回過去。要從每個瞬間攫取不一樣的新奇，不要預先準備你的快樂，或說你當知曉，在已有所準備之地，將是**別種**快樂出人不意，為你帶來驚喜。

難道你還不明白：一切幸福都源自巧遇，在每個瞬間朝你迎來，宛如行乞人出現在你的路途上？倘若你認為你憧憬的並非**這種**幸福，且你只肯接納符合你道德原則和願望的幸福，因而硬說你的幸福已經葬送，那你就會時時不幸。

夢想明天是一種快樂，但明天的快樂又是另外一種，而且值得慶幸的是，一切都與我們原先夢想的不一樣；任何事物若有價值，正是因為它**不同**。

我不喜歡聽你對我說：來吧，我為你準備了這樣一份快樂；現在我只喜歡偶然邂逅的快樂，還有我的聲音撞擊岩石後從中湧現的歡喜；這種喜樂就這樣為我們奔騰，新奇而強烈，恰似新酒從壓榨機溢流而出。

我不喜歡我的快樂被添上裝飾，也不喜歡書拉密女[10]登堂入室；我親吻她時，沒有先擦淨吃葡萄在嘴角留下的殘痕；熱吻之後，我沒等口齒恢復清爽，便喝下甜酒；我和著蜂巢上的蠟，把新鮮蜂蜜吃進肚。

納坦奈爾，別事先準備你的任何快樂。

每當你不能說「好極了」，那就說「算了吧」。這其中有著幸福的遠大許諾。

●

有人把幸福的時刻看成上帝的恩典——其他人又將它視為誰的賜予？……

納坦奈爾，別把你的幸福和上帝看作兩回事。

●

「我既不能感激『上帝』創造了我，也不能怨祂不存在——假使我不存在的話。」

納坦奈爾，談論上帝切記要自然。

●

---

10 譯注：書拉密女是《雅歌》中一位來自書拉密（Shulem）的美麗村姑。一般認為這個名字源自《聖經》中來自書念（Shunem）的使女亞比煞（Abishag），亞比煞擁有花容月貌，負責伺候年邁的大衛王。

我不否認，一旦確認了存在這個事實，大地的存在、人的存在、我的存在，就都顯得自然而然；但令我百思莫解的是，我意識到這點時，竟驚愕不已。

當然，我自己也唱過聖歌，而且還寫過以下這首

〈輪旋曲〉

——以此確證上帝存在

納坦奈爾，我要教你明白，世上最美的詩篇，歌詠的是關於上帝存在的無盡論證。你應該不會不知道，這裡的重點不在於複述那些證據，更不只是單純地複述；——況且，有些只是在證明存在本身——而我們需要的，還包括證明上帝存在的恆常性。

喔，我知道！聖安瑟姆早就提出他的論點[11]，

還有至美幸運島[12]這樣的寓言，

可惜啊！納坦奈爾，不是人人都能住那裡。

我知道這是多數人贊同的公論，

可是你呀，你只相信少數的選民。

當然二加二等於四也是證明的方法[13]，
不過納坦奈爾，並非人人都懂得算數。

也有所謂「第一因」的論據，
可是動因之前必然另有動因。
納坦奈爾，真可惜那時我們不在場。
若是能看到男人與女人的創造；
看他們訝異自己生下的竟不是嬰孩；
厄爾布魯士山[14]的雪松厭煩生來就已數百歲，

---

11 譯注：安瑟姆（Anselme, 1033-1109），義大利哲學家、神學家。他用形式邏輯論證基督教教義，提出關於上帝存在的「本體論證」，將神學推向理性思考的方向。安瑟姆的論證是：上帝是我們所能設想的最圓滿的東西；最圓滿的東西必須存在，否則自相矛盾；因此上帝必然存在。

12 譯注：「幸運島」是希臘神話中位於地獄邊緣的群島，有德者死後可以在此享受完美的休眠。

13 譯注：這個意思是說，「二加二等於四」這個數學原理是個真理，但這個真理要能成立，必須先有「二」、「四」這些數字的存在；由此可進一步推論上帝的存在。

14 譯注：厄爾布魯士山（Elbrouz）位於俄羅斯西南部的大高加索山脈，接近喬治亞，海拔五六四二公尺，是俄羅斯最高峰，通常也被視為歐洲第一高峰。

而那山巒也早讓水流沖出一條條澗壑。

納坦奈爾！若是當時能在那裡迎接晨曦！究竟為何我們怠惰得不願起身？難道當初你沒想求得生命？啊！若是我，我肯定會這樣要求……不過，彼時上帝的聖靈經過無垠的沉睡，才剛在流水上勉強甦醒。假使當時我在那裡，納坦奈爾，我會要求祂把萬物造得更恢弘；你呀，就別回嘴說，反正萬物對此也無以覺察。

還有人用所謂「目的因」來論證，
但並非人人都認為目的能辨明手段。

有人用人對上帝的愛來證明上帝存在。納坦奈爾，這就是為什麼我將我所愛的一切稱為上帝，也是為什麼我要愛一切。不要怕我將你列舉為例；況且我也不打算從你說起；我愛許多事物勝過愛人，而世上我愛得最多的，將不會是人。請別誤解，納坦奈爾：我內心最有力量的部分，絕對不是良善，我想那也不是我最優秀的特質；同樣地，良善也不是我在世人身上特別敬佩的情操。納坦奈爾，愛你的上帝要多過愛人。我自己也懂得讚美上帝，我為祂唱過聖歌——我甚至認為自己在這麼做時，有時稍微過了頭。

「這樣建立一個個體系，你可覺得有趣？」他問我。

「讓我覺得最有趣的，莫過於一套倫理，」我回道：「我能從中獲得精神的滿足。我品嘗到的每一份快樂，都要與此有所關聯。」

「那樣會增加你的快樂嗎？」

「不會，」我說：「是為我證明快樂的正當。」

●

當然，我一直很高興看到某種學說、甚至某一套井然有序的完整思想體系為我自己辨明我的行為屬於正當；不過有時我又只能把這些視為我縱情欲樂的屏護。

納坦奈爾，萬事萬物自有定時；每件事物都因其自身需要而生，因而可說只是一個外化的需要。

樹木告訴我：「我需要一個肺，於是我的汁液就化成葉子，以便能在那裡呼吸。而後當呼吸完成，葉片凋落，我並未隨之死去。我的果實蘊含了我對生命的全部思量。」

15 譯注：作者於原書注解亞爾希德（Alcide）說：「我完全能設想出另一個世界，在那裡，二加二不會等於四。」而梅納爾克回答：「得了吧，你肯定辦不到。」亞爾希德為希臘神話人物海克力士（Héraclès）的本名。

納坦奈爾，不用擔心我會濫用這種寓言形式，其實我對這種體裁並不十分認可。我只想教你唯一一種智慧，那就是生命。思考是件極為傷神的事。年輕時，我疲於追探自身行為的後果，到頭來落得只有不再行動，才能確定自己不會犯罪。

然後我寫道：我的肉體之所以得到救贖，都要歸功於我的靈魂遭受無可救藥的毒害。寫完之後，我卻再也弄不清我要表達的是什麼意思。

●

納坦奈爾，我再也不相信罪惡了。

不過你要明白，必須祭出許多喜樂，才能換取一點點思想的權利。一個自認幸福的人若又擁有思想，那他堪稱為真正的強者。

納坦奈爾，人之所以不幸，乃因每個人總是在觀看，而且要令所見一切從屬於自己。每件事物之所以重要，關鍵在於它本身，而不在我們。但願你的眼睛成為被觀看的事物。

納坦奈爾！此後我提筆寫出任何詩句，你的美妙名字都會重現在開頭。

納坦奈爾，我要讓你降生在生命裡。

納坦奈爾，你能否充分領會我話語中的深厚情意？

我還想更接近你。

好比以利沙[16]為了救活書念婦人的兒子，就「嘴貼著嘴，眼貼著眼，手貼著手，俯臥」在那孩子身上——我這顆光芒四射、寬宏慷慨的心緊貼著你仍混沌晦暗的靈魂，我整個人俯臥在你身上，我的嘴對著你的嘴，我的額頭頂著你的額頭，我滾熱的手捧住你冰涼的手，我的心怦怦亂撞……（記載中寫道：「於是孩子的身體又暖了起來」……）這無非為了讓你在淫逸中甦醒，而後拋開我，投向充滿悸動的放浪人生。

納坦奈爾，我靈魂的所有熱度都在這裡——把它帶走吧。

納坦奈爾，我要教給你熱切癡狂。

納坦奈爾，不要駐留在與你相似的事物旁邊；**切莫駐留**在那，納坦奈爾。一旦環境變得與你相似，或者你變得與環境相似，那麼環境對你就不再有益了。必須離開它才行。對你而言，最危險的莫過於**你的**家庭、**你的**居室、**你的**過去。你從每件事物上只要攫取它帶給你的教養，但願從它流淌而出的淫逸讓它乾涸。

16 譯注：在《希伯來聖經．列王記》的記載中，以利沙是一名公元前九世紀的猶太先知，以利亞的學生。後來的新約《聖經》與《可蘭經》對以利沙也有記載，他在猶太教、基督教和伊斯蘭教中均受尊奉。

納坦奈爾，我要與你談談「瞬間」。你可明白瞬間的**存在**具有何等力量？你沒把死亡念茲在茲，所以無法為你生命中最微小的時刻賦予充分價值。難道你不明白，沒有死亡幽森晦暗的背景烘托，各個瞬間就不可能顯現那令人讚嘆的光采？

倘若有人對我說，倘若有人為我證明，我總有充分的時間去做事，那我就不可能試圖再去做什麼。花心思打算做某件事以後，我會先停下來休息，反正我有時間**也**去做其他所有事情。假如我不知道這種生命形式必有結束的一天，假如我不知道這一生走完以後，我將抽身安息，沒入比我夜夜等著降臨那種睡眠多幾分深沉、多一些遺忘的長眠，那麼我所做的一切將永遠了無意義。

我就這樣養成了習慣，總要將每一瞬間從我的生活**抽離**出來，藉此獲取一份獨立而完整的快樂；藉此將幸福的某個特定質地驟然凝縮在其中；於是，當此情才剛成追憶，我已認不出原來的自己。

納坦奈爾，光是肯定說出這句話，其中就已含有莫大的樂趣：

「椰棗樹的果實叫椰棗，這是一種美味的佳餚。」

椰棗樹可以釀出一種叫「拉葛蜜」的酒，它是椰棗樹的汁液發酵而成的；阿拉伯人酷愛飲用這種酒，我倒不怎麼喜歡喝。在瓦爾迪椰棗園的美麗花園裡，那位卡比利亞[17]牧羊人端給我的就是一杯拉葛蜜。

●

今天早晨，我在清泉莊[18]的庭園小徑散步時，發現一株奇特的蕈菇。

蕈菇裹了一層白色外鞘，看起來像一顆橙紅色的木蘭果實，那上面還有規則的煙灰色紋路，看得出是由內部分泌的孢粉形成的。我剝開一看，那裡面充滿泥狀物質，中間凝結出一塊透明的膠體；一股令人作嘔的氣味撲鼻而來。

那蕈菇的四周還有一些已經裂開的蕈菇，看起來不過就像老樹幹上常見那種扁平的菌類。

（這是我在動身前往突尼斯前寫的；我把它抄錄給你，讓你知道我一旦注視到某個事物，它在我眼中會顯得多麼重要。）

●

17　譯注：卡比利亞是阿爾及利亞北部瀕臨地中海的一個地區，位處亞特拉斯山脈，居民主要屬於柏柏爾族。

18　譯注：清泉莊（Villa des Sources）是紀德的叔叔夏勒·紀德（Charles Gide, 1847-1932）的別墅，位於法國南部城市蒙佩里耶（Montpellier）附近。夏勒·紀德是一名經濟學家，社會經濟學理論創始人、社會基督教運動領導人、人權聯盟協會成員，曾任教於法蘭西公學院。

翁弗勒[19]（街頭）

有時我會覺得，周圍的人庸勞忙碌，只是為了增添我個人生命存在的感受。

昨天我在這，今天我在那；
老天，那些人與我何干！
他們說呀說呀，說個不停：
昨天我在這，今天我在那……

我知道從前有些日子，只要對自己反覆唸著「二加二還等於四」，心中就會洋溢**某種**至福——還有，只要看到**我的**拳頭擱在桌上……

也有些日子，這一切又令我覺得毫無所謂。

19　譯注：翁弗勒（Honfleur）是法國諾曼第地區塞納河口南側的小港鎮，風光明媚，吸引眾多畫家前往創作。

第三篇

恆久不變的表象觀，假如你懂得，死亡永遠虎視眈眈，這讓瞬間變得價值非凡！

啊，春天！那些只活一年的植物，它們的嬌嫩花朵開謝更匆匆。人生只有一個春天，追憶一份快樂，不代表重新走近幸福。

波格賽別墅[20]

在這座噴泉裡……（暮色幽暗）……每滴水、每道光、每份生氣，都帶著淫逸快意漸隱漸去。

淫逸！這個詞語，我要不斷重覆；我要把它當成「自在」的同義詞，它是生命的樂趣，甚至可以簡單說就是「生命」。

啊！上帝竟不是單單為此創造世界，這是我們無法理解的事，除非我們對自己說……等等等等。

●

這是個清爽怡人的好地方，在這裡睡覺多麼美妙，這好像是在此之前未曾體驗過的事。

這裡還有各種美味的食糧，只等著投進我們的飢腸。

●

亞得里亞海（凌晨三點）

水手們在纜繩間高唱，惹得我心煩意亂。

啊！過於古老而又如此年輕的大地，假如你懂得，假如你懂得，短暫的人生那苦中帶甜的滋味，那妙不可言的滋味！

恆久不變的表象觀，假如你懂得，死亡永遠虎視眈眈，這讓瞬間變得價值非凡！

啊，春天！那些只活一年的植物，它們的嬌嫩花朵開謝更匆匆。人生只有一個春天，追憶一份快樂，不代表重新走近幸福。

菲耶索萊[21]的山丘

美麗的佛羅倫斯！學術的城市，奢華的城市，花的城市；尤其是個莊重的城市；愛神木的種

20　譯注：波格賽別墅（Villa Borghese）是義大利羅馬東北緣的一座著名莊園及英式庭園，也是市區第三大公園。別墅建於十七世紀初期，原為波格賽家族的府邸，現設波格賽美術館，主要收藏義大利文藝復興和巴洛克時期繪畫。

21　譯注：菲耶索萊（Fiesole）是義大利佛羅倫斯近郊的一個小市鎮，景色優美，自十四世紀起即吸引佛羅倫斯富裕階級定居，現為整個托斯卡納地區平均收入最高的行政區。

子，「修長月桂」的冠冕。

文奇里亞塔山丘[22]。在那裡，我第一次觀賞雲朵在碧空中消散的情景；我深感訝異，沒料到雲朵會那樣消融在空中，我還以為它們只會越積越厚，直到雨水降下來。結果不是這樣：我眼看著所有雲彩一朵朵消失——留下一片浩瀚的蔚藍。那是種奇妙無比的死亡；仙逝在蒼空。

羅馬，蘋丘[23]

那天令我滿心歡喜的，是某種類似愛情的東西——但那又不是愛情，至少不是人們談論、追尋的愛情。——而那也不是美的感受。那種感覺並非源自某個女人，也不是來自我的思想。我會提筆寫說，那純粹只是**光線**激發的情懷嗎？倘若我這樣寫了，你會懂嗎？

那時我就坐在這花園裡；我看不到太陽，但周遭光芒漫溢，顯得明燦耀眼，彷彿湛藍的天空化成液體，如雨絲霏霏灑落。是真的，空氣中充滿佈滿光的波動和漩渦；青苔上光點躍動，彷彿水珠瀅瀅；是真的，在那條寬敞的步道上，我們就像看到光在奔流，傾瀉的光線為枝頭綴滿金色的泡沫。

拿波里；面向大海和陽光的小理髮店。熱烘烘的碼頭；掀起才能進門的簾幕。縱情其中。這樣的時光會持續很久吧？靜謐。汗珠掛在眉梢。肥皂沫在面頰上微微顫動。他刮完鬍子又修臉，換上更利的刀片再剃，把一小塊海綿用溫水浸透，拿它揉軟皮膚、提起嘴唇，把鬍鬚清個光淨；然後，他用輕柔的香水洗去殘留的灼痛；然後，他抹上一種油膏，進一步舒緩肌膚。我還不想起身移動，索性請他接著理髮。

阿瑪菲[24]（夜裡）

夜裡一次次等待
等待不知什麼愛

臨空望海的斗室；月兒掛在海上，月光太明亮，將我喚醒。

22　譯注：菲耶索萊東側的一處山丘，其上建有文奇里亞塔古堡（Castello di Vincigliata）。

23　譯注：蘋丘（Monte Pincio）也譯為「品奇歐丘」，是羅馬市區的一座小山丘，可眺望古羅馬公有城區戰神廣場（Campus Martius）的遺跡。

24　譯注：阿瑪菲（Amalfi）位於義大利拿坡里南方，是阿瑪菲海岸的最大市鎮，已被聯合國列入世界遺產。這段海岸高崖墜海，景色壯麗動人，是著名旅遊勝地。

我走到窗邊，以為已經破曉，我就要看到日出……其實不然……（它已完全臻於圓滿）——是月亮——柔和，柔和，多柔和，彷彿要海倫迎接第二個浮士德[25]。蒼茫的大海。死寂的村落。一隻狗在夜色中叫嚎……一扇扇窗戶上掛著破衣……

沒有人類容身的餘地。再也無法明白這一切將如何甦醒。狗兒淒厲哀鳴。白日將不再降臨。輾轉難眠。究竟你會（這樣做還是那樣做）……

你可會走進寂寥的花園？
可會奔向海灘，在那裡洗浴？
可會去採摘月光下看起來灰濛濛的柳橙？
可會輕輕撫慰那狗兒？
（多少次，我感覺大自然要求我做出一點舉動，我卻不知該給它哪種動作。）
等待遲遲不來的睡意……

在這個築有圍牆的花園裡，一個小孩攀緣著輕拂階梯的枝條，跟在我後面走。階梯通向沿著花園邊緣興建的平台；乍看之下人好像走不進去。

啊，我在綠葉下撫摸的小臉蛋！再濃的樹蔭也無法遮蔽你的光采，而你額上髮鬈的陰影顯得益發黝暗。

我要拉著藤蔓和樹枝，往下爬進這花園，在啁啾鳥囀更勝於大鳥籠的樹叢裡，動情地啜泣——一直哭泣到黃昏，直到暮色垂臨，將噴泉中的神祕流水染成金黃，然後又讓它的色澤變得幽森。

嬌孱軀體在枝葉下緊緊偎依
纖柔手指劃過他的珠光美肌
我看見他那細嫩的雙足
闃然無聲地垂落在沙地

●

25 譯注：在德國文豪歌德名著《浮士德》第二部中，主角浮士德在一個不具形體、只有精神的人造人引領下，跨時空會見了海倫，與其相戀並結為連理，育有一子歐福良。

敍拉古[26]

平底船；天空低垂，時而化作暖雨灑在我們身上；水生植物散發淤泥的氣味，莖梗沙沙作響。

潭水深邃，掩住沛然噴湧的藍色清泉。無聲無息；在這僻靜的鄉間，在這喇叭口狀的天然水塘，湧泉彷彿水花，在紙莎草間盛放。

●

突尼斯

一片無垠蔚藍，只巧綴著一斑白，是艘帆船，還有一抹綠，是帆船在水中的倒映。

●

夜晚。一個個戒指在暗影中閃閃發光。

月色皎潔，引人漫步。思緒與白晝大異其趣。

荒漠上月光慘澹。墓園中鬼魂遊蕩。赤裸的足掌踩在青色的石板上。

●

馬爾他

天色尚甚明亮，日影卻已消亡，這時夏日的暮光陶然醉臥在廣場上。十分特別的一刻，情緒激揚。

●

納坦奈爾，我要向你訴說我見過最美的花園。

26 譯注：敘拉古（Siracusa）也常譯為錫拉庫薩，是西西里島東南部的港都，公元前八世紀希臘殖民者建立以後迅速勃興，一度與雅典齊名。由於文化史蹟極其豐富，已被列為世界遺產。

在佛羅倫斯，到處有人賣玫瑰；某些日子，全城香氣四溢。每天晚上我會到卡西納公園[27]散步，星期天則到沒有花的波波里庭園[28]。

在塞維爾，距離吉拉達[29]不遠，有一處從前的清真寺內院；柳橙樹在相互對稱的區塊中生長；其他地面則鋪了石板；在豔陽高掛的日子裡，那裡只有一片小小的陰影；那是一座方形的內院，四周立有圍牆。是個美不勝收的地方；但我無法向你說出個所以然。

城外一處圍著鐵柵欄的偌大花園裡，栽植了許多熱帶地區的樹木；我沒進去過，不過隔著柵欄張望，看到珠雞在跑，我心想那裡邊肯定馴養了不少動物。

我又該怎麼對你訴說阿爾卡薩[30]？那花園看起來宛如一幅波斯奇景；這麼向你一提，我不禁覺得自己對它的喜愛超過任何其他園林。重讀哈菲茲的詩句時，我也會想起它：

葡萄美酒快送到
任它灑向我襟袍
踉蹌只因情意重
人稱智者醉逍遙

園徑裝設了噴泉；步道鋪有大理石板，愛神木和柏樹沿綴路旁。園林兩邊有大理石砌成的水池，那是從前國王的嬪妃沐浴的地方。園中盡是玫瑰、水仙和月桂花，不見其他花種。庭園深處，一棵巨樹參天矗立，令人心中浮現一隻燕雀在樹梢被擒獲的情景。王宮附近還有其他幾座水池，品味極低，堪比慕尼黑王宮[31]的庭院中那些飾有貝殼滿覆的雕像、庸俗難耐的水池。

某年春天，我就是在慕尼黑的御花園裡品嘗了五月草口味冰淇淋。一支軍樂隊在旁邊不停吹打，聽眾雖非名人雅士，但都熱愛音樂。夜鶯歌聲淒婉，使夜色瀰漫奇魅氛圍。那歌聲好似德國詩歌，聽得我愁上心頭。快樂只要超過一定強度，就會讓人難以自持，淚水潸然而下。這些庭園帶來的快樂竟然使我幾乎痛苦地想到，此時此刻，我本也可能身在別處。那年夏天，我學會用更特意的方式享受**溫度**。在這點上，眼皮具有驚人敏銳度。我記得某天夜裡搭乘火車，我走到敞開

---

27 譯注：卡西納公園（Parco delle Cascine）是佛羅倫斯歷史悠久的大型公園，由統治佛羅倫斯的梅第奇家族建於十六世紀後半葉，作為家族的遊獵場及農場。園區瀕臨流經市區的阿諾河，長達四公里。

28 譯注：波波里（Boboli）庭園建於十六世紀中期，位於托斯卡納大公府邸彼提宮後側，堪稱王室後花園，園內遍佈十六及十七世紀的傑出雕塑作品。

29 譯注：吉拉達（La Giralda）是西班牙塞維亞大教堂的鐘樓，修建於摩爾人統治時期，原為塞維亞最大清真寺的宣禮塔。

30 譯注：阿爾卡薩全名「塞維亞皇家阿爾卡薩」（Alcázar Real de Sevilla），中文習稱「塞維亞王宮」，十四世紀由基督徒建於一座安達魯斯阿巴德王朝的城堡原址上，作為基督徒國王佩德羅一世的王宮。

31 譯注：慕尼黑王宮（Münchner Residenz）是舊時巴伐利亞君主的宮殿，位於德國慕尼黑市中心，是德國最大的市內宮殿，建築群包括十個庭院、博物館等。

的窗口，只想品嘗清風拂來的滋味；我闔上雙眼，不為閉目養神，只為了**體會**。經過一整天的悶熱，到了晚上，縱使空氣依然溫暾，但吹在我炙熱的眼皮上，感覺起來卻沁涼如水。

在格拉納達，我走訪赫內拉里斐宮[32]，來到栽種了許多夾竹桃的涼台，但此時涼台上還看不到花；比薩的墓園[33]也不見花蹤；我走進聖馬可修院小小的迴廊內院，期盼那裡會開滿玫瑰，結果希望也落空。不過在羅馬時，我看到蘋丘在最燦爛的時節展現身姿。下午酷暑難當，許多人爬上山丘納涼。我就下榻在附近，每天都會前去散步。當時我身體欠安，完全不能思考；我任憑大自然沁入心脾；因為神經失調的關係，有時我感覺不到身體的極限，於是它擴展得越來越遠；又有些時候，它浸淫在逸樂的感受中，彷彿變成多孔的糖塊；我融化了。從我坐的這張石椅，令我疲憊的羅馬城已不在視線中；居高臨下，俯瞰波格賽花園，在它下方稍遠處，最高大的那些松樹樹梢也只及我的腳下。啊，觀景台！觀景台，空間由此騰躍。啊，凌空的遨遊！……

我真想在夜裡到法內塞花園[34]遊蕩，可惜他們不讓人進去。草木分外茂盛，掩蓋了那裡的廢墟。

在拿波里，有些花園地勢偏低，像碼頭般沿海而建，讓陽光照射進去；

在尼姆，噴泉公園[35]中流著水渠引來的清澈泉水。

在蒙佩里耶，我去了植物園。我記得有天傍晚，我跟昂布華斯[36]坐在一座柏樹環繞的古墓上閒聊，彷彿置身學院花園[37]；我們一邊嚼著玫瑰花瓣，一邊悠哉地談天。

某天夜裡，我們從佩盧散步道看到天邊一輪明月將粼粼銀光灑在遠方的海面；旁邊就是市區的水堡，潺潺流水沿著人工瀑布流瀉而下；一些白羽鑲邊的黑天鵝在寧靜的水池中悠游。

在馬爾他，我會走進宮邸花園，在那裡看書。舊都[38]有一片小小的檸檬樹林，當地人暱稱為「小樹叢」；我們很喜歡去那裡；我們會摘成熟檸檬吃，一口咬下時，酸得令人受不了，可是接

32　譯注：赫內拉里斐宮（Palacio de Generalife）位於西班牙安達魯西亞名城格拉納達，建於安達魯斯格拉納達蘇丹穆罕默德三世統治時期，作為蘇丹的夏宮。

33　譯注：比薩的墓園（Campo Santo）也稱「壯觀墓園」（Camposanto Monumentale）或「舊墓園」（Camposanto Vecchio），建於十二世紀，與斜塔及大教堂同樣位於奇蹟廣場。

34　譯注：法內塞花園位於羅馬市區，與競技場為鄰，由顯赫的義大利法內塞（Farnese）家族建於十六世紀中葉，是歐洲第一座私人植物園。

35　譯注：噴泉公園（Parc de la Fontaine）建於十八世紀中期，是歐洲最早完成也最著名的公共庭園之一。公園圍繞著尼姆水泉興築，所在城區於高盧羅馬時代即已發展，園區內有許多重要的古代遺跡。

36　譯注：即法國作家、詩人、評論家保羅．瓦勒里（Paul Valéry）。瓦勒里是法國象徵主義後期詩人的主要代表，曾任法蘭西學術院院士。紀德於一八九〇年冬天與瓦勒里結識，兩人一拍即合，這段文字描繪的就是他們認識不久後的交流情景。古墓據信為英國詩人艾德華．楊（Edward Young, 1683-1765）之女艾莉莎的墳墓，它成為兩人的友情象徵。

37　譯注：文中的「學院花園」（jardins d'Académus）應是紀德對古希臘的援引，「學院」指哲學家柏拉圖在公元前四世紀初創立於雅典的柏拉圖學院。

38　譯注：舊都（Citta Vecchia）是馬爾他堡壘城姆迪納（Mdina）的別稱，公元前八世紀由腓尼基人創建，於古代及中世紀曾是馬爾他首都。

著會在口中留下清爽的餘香。在敘拉古慘酷駭人的石牢[39]，我們也曾這樣啃檸檬。

在海牙的公園裡，黃鹿來回穿梭，模樣相當馴良。

從阿夫朗什的花園眺望聖米歇爾山[40]，向晚時分，遠處的沙洲看起來彷彿燃燒的物質。很多很小的城鎮擁有迷人的花園；後來我們忘了那些城鎮，忘了它們的名字；我們想再看看那些花園，但已找不到來時路。

我夢想著摩蘇爾的花園；聽說那些花園裡開滿了玫瑰。內沙普爾的花園，奧瑪[41]歌頌過它們；還有哈菲茲歌詠那些設拉子的花園；我們永遠見不到納什普爾的花園了。

不過在比斯克拉[42]，我造訪過瓦爾迪的花園。孩子們在那裡牧羊。

在突尼斯，唯一的庭園是墓園。在阿爾及爾的實驗花園（那裡有各式各樣的棕櫚科植物），我品嘗了一些先前從未見過的水果。還有卜利達[43]呢，納坦奈爾！我又該如何對你訴說？

啊！撒赫爾[44]的青草多細柔；還有你那盛開的橙花！還有你的綠蔭！你花園裡的氣息多麼芬芳！卜利達啊，卜利達！可人的玫瑰城！初冬時節，我沒能認出你。你的神聖樹林枝葉長青，無需春日來更新；你的紫藤、你的蔓草好似用來燒火的枝條！白雪從山頭滑下，逐漸堆積在你身邊；我在房裡都無法取暖，更別說在你那些多雨的花園。那時我讀到費希特[45]的《科學原理》，覺得自己重新充滿宗教情懷。我變得溫良敦厚；我總說人應當安於憂傷，我試圖將那一切奉為美德。現在，我已把便鞋上的塵土抖在上面；誰知道風把它吹到那兒？我曾像個先知，在沙漠的塵土中遊蕩；石頭太乾燥，已風化成碎屑，在我的腳底如火般滾燙（因為烈日將它曬得熱烘烘）。

如今，且讓我的雙足在撒赫爾的草地上停歇！但願我們的所有話語充斥著愛意！

卜利達啊，卜利達！撒赫爾之花！可人的玫瑰城！我見過你綠葉成蔭、花團錦簇，和煦而芬芳的模樣。冬雪已然遁逸。在你那神聖的花園裡，潔白的清真寺閃耀神祕光輝，爬藤躬曲在繁花下。紫藤為一棵橄欖樹掛上串串花環，讓它消失在花海中。柔美的空氣送來陣陣橙花的芬芳，連

---

39 譯注：敘拉古的石牢原為採石場，自古有名。當地工作條件極為艱苦，長年鑿挖的岩壁形成天然洞窟，被當作監獄使用。在羅馬帝國時期，這裡則成為羈押犯人和基督徒的地方，堪稱古代勞改營。

40 譯注：阿夫朗什（Avranches）是法國諾曼第的一個濱海小鎮，與聖米歇爾山（Mont Saint-Michel）隔海相望。文中的花園係指當地的植物園。聖米歇爾山是一座岩島，距離陸地只有一公里，其上建有修院，自公元八世紀起即成天主教徒朝聖地。一九七九年獲聯合國列為世界遺產。

41 譯注：即奧瑪·開儼（波斯語拉丁拼音：Omar Khayyám, 1048-1131），波斯詩人、天文學家、數學家。「開儼」一名意為「天幕製造者」，他受蘇丹器重，負責修改曆法，最著名作品為《魯拜集》。

42 譯注：比斯克拉（Biskra）是阿爾及利亞東北部的綠洲城市，位於撒哈拉沙漠邊緣。

43 譯注：卜利達（Blida）是阿爾及利亞北部卜利達省首府，位於首都阿爾及爾西南方約五十公里，別稱「玫瑰之城」。

44 譯注：撒赫爾（Sahel）這個地理名稱現在指撒哈拉沙漠南緣、東西貫穿非洲大陸的半沙漠地帶，不過早年指的是阿爾及利亞北部沿海地區。紀德文本中的撒赫爾是後者。

45 譯注：約翰·哥特利布·費希特（Johann Gottlieb Fichte, 1762-1814），德國哲學家。被視為德國國家主義奠基者之一。

纖弱的柑橘樹也香氣撲鼻。尤加利樹宛如重獲自由，讓老樹皮從高高的樹梢剝落；失去保護作用的樹皮懸盪在枝頭，像一件在豔陽下已經脫去的厚衣服，像我那過了冬天就一文不值的舊道理。

●

卜利達

初夏早晨，我們走在撒赫爾的一條路上，路邊的茴香莖梗粗大魁偉（在金色的陽光下，或在靜止不動的尤加利藍藍的樹蔭底下，茴香的花朵金黃中泛著綠意，閃閃動人），看起來無比壯觀。

有些尤加利樹顯得驚異，有些泰然自若。

●

萬物無不參與大自然；沒有從中脫離的可能。火車在黑夜中挺進；早晨，它披上一身朝露。

●船上

多少個夜晚，啊！艙房的圓玻璃，緊閉的舷窗——多少個夜晚，我躺在鋪位上望向你，並告訴自己：看著吧，待這窗眼開始發白，黎明就會到來；然後我將起身，抖去渾身的不適；然後黎明將洗淨大海；然後我們將在陌生土地靠岸。黎明來了，大海卻未因此平靜；陸地依然遙不可及，我的思緒在起伏不定的海面上搖晃。

波濤的折磨讓整副身軀難以忘懷。我心想，是否能把一縷思緒掛上那搖搖擺擺的主桅杆？波浪啊，難道我只能看見海水在晚風中飛濺？我在浪頭撒下我的愛；我把思緒潑灑在浪濤奔騰的萬頃荒原。海浪前推後擁，一成不變，我的愛縱身躍入其間。浪濤通過，肉眼已無法再分辨。沒有定形的大海，永遠動盪不安；遠離了人類，你的波浪才會靜默無聲；沒有任何力量能阻擋它們的流動；但又無人能聽見它們的寂靜；它們已經襲向最單薄的扁舟，它們的聲響讓人以為暴風雨在怒號。滔滔大浪一波接一波，無聲無息地推進。浪濤前仆後繼，輪番捲起同一滴海水，卻幾乎沒讓大海向前推移。唯獨波濤的形體在移動；海水任憑波浪鼓起，而後又游離，永遠不會與浪相隨。每個形體只在極短的瞬間翻動同一小片海水；穿越它，然後將它拋下，繼續前行。我的靈魂啊！你別依戀任何一種思想。將全部思緒拋向海風，讓風把它吹向遠方；你絕不可能自己把它帶上九霄的殿堂。

不停奔湧的波濤，是你令我思緒飄搖！波浪上什麼也不能建造。重壓一到，波浪就逃之夭夭。

這兒漂流那兒擺盪，何其令人沮喪；溫柔的海港，為何你還在躲藏？我的靈魂等著投向你的臂膀，在堅實的堤岸上、旋轉燈塔旁，回首望向海洋。

第四篇

我憎惡居戶、家庭，所有凡人認為可以歇息的地方；也憎惡持久的情感、忠貞的愛情、執著的觀念——一切損及正義的東西；我總說，我們的整個身心都該完全準備好，隨時迎接新的事物。

1

佛羅倫斯的山丘（面對菲耶索爾）

這天晚上，我們在山丘上的一處花園聚會

「安蓋爾，伊迪耶，提第爾[46]，」梅納爾克說（而現在我以個人名義向你轉述）：「可你們不懂，你們無法懂得，燃燒我青春的激情。光陰飛逝，令我憤怒瘋狂。人必須選擇，這件事一直令我無法忍受；在我看來，選擇並非二者擇一，而是摒棄我沒做的選擇。我驚駭地意識到光陰的狹隘，發現時間僅有一個次元；它不是我期盼的寬闊跑道，而只是一條線，我的各種欲望擠在上面奔跑，必然相互踐踏。我總是只能單做**這個**，或單做**那個**。每當我做了這個，那個瞬即因此令我抱憾，結果我經常什麼也不敢做，彷彿張開雙臂，發狂似地呆著，惟恐合上手臂想抓住什麼，卻只能抓住**單獨一個**東西。我的人生就這樣出了謬誤，我無法對某個學問持之以恆，因為我下不了決心放棄許多其他東西。不管用這種代價得到什麼，實在都太不划算，無論怎樣思辨推理，也無法解除我的困境。走進販售無盡歡樂的市場，身上卻只有幾個小銀兩（這又是托誰的福？）。支配這麼點錢！選擇就是永永遠遠放棄其他一切，而這數量豐沛的**其他一切**，卻總遠勝於任何單一的事物。

在這世上，我之所以憎惡任何**占有**，這是其中一部分原因；我恐懼占有一個東西之後，唯一能占有的就只有它。

●

商品！糧食！堆積如山的寶物！為何不能沒有爭議地供我們取用？我知道世界的財富正在枯竭（儘管有無窮無盡的替代品）；我也知道對你來說，我的兄弟，我喝完水後的杯子會一直是只空杯子（儘管水泉就在附近）。但是你們！非物質的思想！未受拘束的生活形式！關於自然的科學，關於上帝的知識！一盅盅的真理，飲之不盡的杯子！為何你們吝於在我們的唇邊沛然流淌？明明我們再怎麼口渴，也不可能把你們喝乾，明明你們的清泉不斷湧溢，可以滋潤每張求飲的新唇！現在我懂了，這座巨大神泉的每一滴水都具有同等價值；只要喝下一小滴，就足以讓我們沉醉，並為我們啟示上帝的充盈與完整。然而彼時彼刻，我的瘋狂嗜欲有什麼不渴望？我豔羨各種

46　譯注：紀德虛構的人名經常有其緣由，如安蓋爾（Angaire）與安德烈（André）押頭韻，中間字母G與紀德姓氏首字母相同；提第爾（Tityre）則是紀德早期作品《沼地》（*Paludes*）書中書（亦名《沼地》）主人翁的名字，援引古羅馬詩人魏吉爾著作《牧歌集》中的人物提第魯斯（Tityrus）。

各樣的生活形式；所有我看到其他人在做的事，我也想自己做；不是希望已經做過——請聽清楚我的意思——而是希望開始去做，因為我幾乎不怕吃苦、不怕勞累，認為苦和累中充滿生命的教誨。我連續三個星期嫉妒巴門尼德[47]，因為他在學土耳其語；兩個月以後，我又妒忌狄奧多西[48]發現天文的奧祕。我一直不願使自己受到制限，結果只為自己勾勒出極其模糊、極不確切的輪廓。

「梅納爾克，」阿爾希德說：「告訴我們你的人生吧。」梅納爾克於是接口說道：

「……十八歲那年，我初步結束學業時，精神倦於工作，心靈空虛，整個人恍惚無神，身體因為深受束縛而掙扎反抗；我索性出走，漫無目的地遊蕩，消耗滿腔流浪的狂情。我體驗了你們所知的一切：春天，大地的氣息，田野間盛開的草花，晨間河面的氤氳，暮晚牧原上的霧靄。我穿越大城小鎮，不願在任何地方駐留。我心想，幸福屬於那些在世間了無牽掛的人，他們懷著永遠的癡狂，經歷變幻不斷的移動狀態。我憎惡居戶、家庭，所有凡人認為可以歇息的地方；也憎惡持久的情感、忠貞的愛情、執著的觀念——一切損及正義的東西；我總說，我們的整個身心都該完全準備好，隨時迎接新的事物。

「書本告訴過我每一種暫時的自由，又說自由從來不過是選擇自己的奴役狀態而已，或者至少是選擇自己的虔誠寄託，就像薊草的種子飄著盪著，尋覓肥沃土壤來扎根；只有固定不動，才能繁茂開花。可我又在課堂上學到，世人並不受推理的引導，任何論點都有相應的反證，只是得設法找出來而已，於是有時我在漫長的旅途上，也忙著做這種探尋。

「我生活在妙不可言的無盡等待中，等待無論什麼未來。就像問題面對等著出現的答案，我教導自己讓迸生在每一份歡情淫樂之前的渴求緊緊跟隨瞬即出現的滿足。我之所以快樂，乃因每處泉流都為我帶來一份乾渴，而在沒有水的沙漠裡，豔陽高掛，焦渴無以平息，我卻更愛我體熱的炙燒。暮晚時分，我來到一些奇妙的綠洲，它們竟日受人期盼，此刻顯得分外清涼。無垠黃沙倦躺在烈日下，彷彿被一片沉沉睡意席捲——暑意何其逼人，直透入空氣的震顫當中；我感覺周遭生命尚無法入眠，仍在輕輕悸動；它在天邊昏暈抖索，在我腳畔鼓脹著愛意。

「每天，我再無追求，時時刻刻只是尋求以更單純的方式深深探入大自然。我有一份寶貴的天賦，就是不過度自我束縛。過去的記憶對我施展的力量不會太大，只是恰恰能為我的人生賦予統一；它就像特修斯[49]身上那條神祕紗線，將他與過去的愛情維繫起來，卻絲毫不妨礙他穿越一

47　譯注：巴門尼德（Parmenides）是公元前五世紀的希臘哲學家，最重要的前蘇格拉底哲學家之一，被視為本體論（存在論）哲學的創建者，著作《論自然》殘篇留存至今。他認為宇宙中的真實是永恆不變的「一」，世間一切變化皆為幻象，因此人不可憑感官來認識真實。

48　譯注：狄奧多西（Theodosius，B.C.160-100）是羅馬帝國時代出生於小亞細亞的希臘數學家及天文學家。著有天文學論述《球面幾何學》，其中定義出「赤道」、「子午線」等概念，十六世紀期間被譯為拉丁文。

49　譯注：特修斯（Theseus），傳說中的雅典國王，傳奇事蹟之一是消滅半人半獸的怪物米諾陶洛斯。紀德的長篇小說《特修斯》以這個神話人物為主人翁。

片片全新風景。況且那條線終究還是斷了……神奇的再生！早晨漫步時，我經常細細品嘗新生的感受、知覺的溫柔。『詩人的天賦啊，』我驚嘆道：『就是不斷與新奇邂逅的天賦。』——我向四面八方張臂迎接。我的心靈是矗立在十字路口的旅店，大門敞開，萬事萬物皆能隨意進入。我使自己柔順可親，讓所有官能做好準備，全神貫注，傾心聆聽，甚至不再保留任何個人心思；捕捉所有飛掠而過的情感，而且反應是如此淡若無痕，我已不再視任何事物為惡，更不可能無故揚聲反對。此外我很快就發現，我對美的鍾愛極少是以對醜的憎惡來支撐。

「我憎惡精神上的倦怠，我知道那是因煩悶而起，因此我主張人應該致力人間事物的多樣性。我四海為家，曾露宿田間，也曾睡在原野。我見過晨曦在一綑綑麥束間輕柔顫動，見過烏鴉在山毛櫸林間甦醒。清晨，我用青草上的甘露潔顏，再讓初升的朝陽曬乾濡溼的衣裳。那天，我見到豐饒的收穫在歌聲伴隨下，讓牛拉的沉重大車載運回家；誰能告訴我，還有什麼比這更美的鄉村情景！

「曾經有段時日，我快樂難當，渴望將它傳達出去，向其他人解說快樂何以在我心頭長駐。

「夜晚來到，在一些陌生的村莊，我看著白天分散各處的人家重新團聚。工作勞累的父親返抵家門，孩子們也從學校回來。一時屋門打開，亮光、溫暖和笑聲迎來，然後門又關上，等著度過一夜。漂泊流浪的事物再也進不去，蕭瑟的寒風在戶外滯留。——家庭，我憎恨你！封閉的窩巢，緊閉的門戶，吝於分享的幸福。——有時，在黑夜的掩護下，我會貼近某扇窗戶凝視許久，窺探那家人的生活習性。父親坐在燈旁，母親在做針線活，祖父的位子空著，一個孩子在父親身邊溫習功課；——我的內心鼓起強烈欲望，恨不得帶那孩子上路遊蕩。

「第二天，那孩子放學回家時，我又見到了他；第三天，我對他說話；四天後，他丟下一切與我遠走高飛。我讓他眼界大開，飽覽風光絢爛的原野；他明白原野為他敞開了懷抱。我就這樣教導他的靈魂變得更能流浪，最終歡喜開懷——然後教他脫離我，去認識自己的孤獨。

「我獨自一人，品嘗傲氣帶來的猛烈狂喜。我喜歡在黎明以前起身；我會到山頂上的牧原呼喚太陽；雲雀的歌聲承載我的綺思異想，晶瑩的朝露為我滌去一身塵埃。我樂於節飲縮食，幾乎不吃東西，於是頭腦變得輕飄飄，所有感覺都染上一股醉意。此後我喝過各式各樣的美酒，但我知道，沒有一種酒能帶來這種空腹引致的昏眩，彷彿大清早原野飄忽搖移，直到日升晝起，我倒進乾草堆裡睡上一覺。

「雖然我隨身帶著麵包，但有時我會等到餓得半昏才吃；於是我更直觀暢快地感受大自然，感覺它深深沁透了我；外在事物紛至沓來，我敞開所有感官迎接；我內在的一切都獲邀親臨盛會。

「我的靈魂終於充盈詩情，孤獨一人時這種情緒尤其高昂，到了夜裡令我疲憊不已。我憑藉傲氣支撐自己，但又不免懷念起伊萊爾；此前一年，他還費心勸我適度甩去性情中過於狂野不羈的部分。

「傍晚時分，我每每與他暢談；他本身也是詩人；他通曉萬物的和諧。大自然的每個現象，彷彿都變成一種明朗的語言，讓我們讀出箇中原因；比方說我們能從飛行姿態辨識昆蟲種類，從歌聲鳴囀鑑定鳥兒的身分，藉由女人留在沙灘上的足跡感知她們的容貌。他身上也充斥著冒險的渴望；他的力量使他大膽無畏。我們心靈的青春歲月啊！沒錯，任何榮耀也無法與你相比！我們帶著歡欣快意憧憬一切，縱使竭力要使欲望疲乏，也只是枉然；我們的每一份思緒都寫滿癡狂，我們的感受總帶有一種特別的嗆烈。我們消耗著絢爛多彩的青春，等待無盡美好的未來；通往未來的道路看似無止無境，我們還希望它更加漫長，我們大步前進，咀嚼籬上的野花，嘴裡漾開一股甜蜜的滋味和餘韻無窮的苦澀。

「有時我路經巴黎，會回到童年時期勤勉讀書那幢房屋，在那裡小住數天或逗留幾個小時；屋內靜謐無聲，某個已不在場的女人早已為家具悉心蓋上遮塵布。我提著油燈，逐一查看各個房間，我沒把關閉多年的百葉窗推開，也不想拉開散發濃重樟腦味的窗簾。室內空氣滯濁，異味瀰漫，唯獨我的臥房整理得可以住人。在整棟房子裡最昏暗也最寂靜的書房，書架上和桌上的書本仍舊維持我當初擺放的模樣；有時我會打開其中一本，然後在點亮的燈前翻閱起來（大白天照樣點燈），興之所至，樂於將時間忘記；有時我也會打開那架平台鋼琴，在記憶中搜尋昔時曲調的韻律；但我記得殘缺不全，於是便止住雙手，不讓自己陷入感傷。第二天，我又已遠離了巴黎。

「我那顆生來洋溢愛意的心，我任它像液體灑向四方；沒有一種喜樂讓我覺得它只屬於我；

我邀請路途上邂逅的每個人共享；若我不時獨自一個人享受，那全是因為孤傲的緣故。

「有人責備我自私；我責備他們愚痴。我志在不愛任何一個人，無論男人還是女人；我只想珍愛友情、溫情和戀情。當我把愛分給一個人時，我只是循人之意，並未打算因此剝奪我已給予另一人的愛。同理，我也絲毫不想霸占其他人的肉體或心靈；在這方面我也像對大自然一樣，始終是個遊牧者，哪裡也不停駐。在我看來，任何偏愛都是一種不公正；我願時時屬於眾人，不會把自己交予任何一人。

「在對每一個城市的記憶中，我總不忘擺進某個縱情慾樂的回憶。在威尼斯，我參加過一些化裝舞會；提琴與笛子的合奏在夜色中伴隨輕舟前行，我在那裡品嘗戀愛的滋味。其他小船接著開過，上面滿載年輕男女。我們駛向麗都[50]，到那裡等待黎明。然而旭日東升時，音樂早已止息，倦遊的我們也已沉沉睡去。但就連虛假的歡樂留給我們的那份疲累，還有令我們感覺歡樂已然凋殘那種甦醒之際的眩暈，我也都喜愛。——在其他一些港口，我會跟著一些大船的水手行動；我走進燈光昏暗的街巷；後來我又責備自己不該為了體驗——這是唯一驅使著我們的誘惑力——而向慾望臣服；我把水手們丟在那些下流酒館附近，獨自回到寧謐的港邊，此時巷弄中的聲色犬馬已如奇異而悲哀的喧囂，透過恍惚的心神還幽幽傳來，然夜暮遮上肅靜的衷言，重新詮釋

50 譯注：麗都（Lido）是威尼斯東南一個長十八公里的沙洲，目前有兩萬居民，威尼斯影展每年在此舉行。

了那些回憶。兩相比較，我的確偏好蘊含在田野的珍寶。

「然而，到了二十五歲，我雖然沒有厭倦旅行，但浪跡天涯的生活使我的傲氣過度膨脹，我為此感到苦惱，於是我明白——或說我說服自己認為——我終於成熟了，可以開啟新的生活方式。

「『為什麼？』我問他們：『為什麼你們還要我出發上路？我當然知道路邊的野花又已綻放；可是現在，野花等待的是你們。蜜蜂也只在一段時間裡採蜜，之後牠們只管釀蜜收藏。』——我回到棄置許久的舊居。我把家具上的防塵布挪開，打開窗戶；再用流浪期間不由自主節省下來的一些金錢，採買各式各樣寶貴而脆弱的物品——例如花瓶、珍本書籍等等，特別是我憑著對繪畫的粗淺認識，用很低的價格購進的一些畫作。十五年間，我像守財奴般拚命積攢；我不遺餘力地充實自己；我勤勉學習，研讀多種絕跡語言，看了許許多多的書；我學著演奏不同種類的樂器；每一天、每個小時，都花在讓我獲益匪淺的學習上；我尤其喜愛鑽研歷史和生物。我也拜讀各國的文學。而由於我心胸闊達、出身又高尚，我無需強求也能廣結善緣；我珍視這些情誼勝過其他一切，但即便如此，我也絕不依附友誼。

「五十歲那年，時機成熟，我把全部東西變賣掉；由於我的品味相當扎實，對每件物品又有清楚的了解，因此我擁有的一切早已大幅增值，兩天就讓我賺進一大筆財富。我把這所有錢做了妥當的安排，讓我可以隨時運用。我真的出清了全部家當，因為我不想在世間保留任何個人的東西；任何一點往昔的回憶都不留。

「我常對陪我漫步田野的米爾第說：『今天這樣迷人的早晨，這霧氣、天光，這颯爽的空氣，還有你生命的悸動，倘若你能將全部身心投入其間，這些感受能帶給你的快樂不知還會有多少。你以為自己夠快樂了，但你生命最美好的部分其實已被幽閉；你的妻子、兒女、書本和研修已經把它從你身上奪去，讓它無法在上帝面前呈現。

「『你以為在當下這個瞬間，你能立即、完整而強烈地品嘗生命的感受，同時又不忘記與這感覺無關的一切？你習慣的思維方式束縛了你；你生活在過去，生活在未來，而你無法憑藉本能去感知眼前的事物。米爾第啊，除了存在於生命的瞬間，我們什麼也不是；未來的一切還未萌生，過去的一切就已消逝於頃刻。瞬間！米爾第，有朝一日你會明白，瞬間的**存有**具有多大的力量！因為我們生命的每一個瞬間在本質上都無法替代：請你有時務必要懂得只專注於瞬間。在當下這個瞬間，米爾第，假如你願意、假如你懂得不再顧慮你的妻兒子女，那麼你就能在人間單獨面對上帝。然而你忘不了他們，彷彿因為害怕失去他們，你總在身上背負你的整個過去，你的所有情愛，還有世間林林總總的牽掛。至於我，我的一切情愛時時刻刻都在等待我，要給我帶來一份新的驚喜；這種情愛我始終熟悉，但又從不能真正認得。米爾第，你無法想像上帝能以多少不同形式顯現；你若太專注於其中一種，而且對它產生眷戀，你會變得盲目不明，看不到其他形象。你的崇敬太專一，令我看了難過；但願你能將它分散。上帝悄然佇立在你關閉的每扇門外。無論上帝用哪種形式顯現，都值得珍愛，萬事萬物，都有著上帝的形態。』

「……賺到一筆錢以後，我先租了一艘船，帶了三個朋友、幾名船員和四名見習水手出海。我迷戀上其中長得最不帥的那個。不過，儘管他的撫摸非常溫柔，我還是寧願凝視洶湧的波濤。每天傍晚，船會開進某個妙不可言的港口，有時我徹夜尋花問柳，黎明前又隨船離開。我在威尼斯認識了一位沉魚落雁的煙花女子；我連續三晚與她行樂，因為她實在美得太過火，我在她身邊時，其他所有情愛歡愉都被我拋到九霄雲外。後來我把船賣給了她，或者說是送給了她。

「我在科摩湖畔的一幢豪華府邸住了好幾個月，並請來一群最風雅的樂師。我也招來了一些行事低調而又健談的美女，晚間，我們在醉人樂音陪伴下聊天；然後我們走下最後幾級已被打溼的大理石台階，登上逐波漂盪的小船，讓我們的歡情愛意在節奏安穩的槳聲中遁入夢鄉。有時歸途中還睡意迷濛；小船忽然靠岸，才倏地清醒，然後依朵娜依偎在我的懷抱裡，悄然無聲地從岸邊拾級而上。

「隔年，我住進旺代地區距離海灘不遠的一處廣大園林。我邀了三位詩人同住，他們歌頌我對他們的接待，也吟詠生長魚兒和水草的池塘、白楊林蔭道、孤立的橡樹、叢生的梣樹，還有園林美不勝收的格局。秋天來到，我請人砍倒園內最高大那幾棵樹，樂於讓自己的居處顯得荒寂落寞。筆墨難以形容那園林景象，一大群人在裡頭晃遊，走在我任憑荒草漫生的林間小徑。伐木的聲音迴盪在一條條綠蔭道上，從這頭傳響到那頭。橫在路面的樹枝經常勾住衣袍。斑斕秋色遍灑在倒臥地面的樹木上，如此絢麗迷人；秋思充斥我心，令我久久不能自已，我從中感覺到自己已經遲暮。

「後來我到上阿爾卑斯的一間山莊住了一段時間；我也住過馬爾他的一棟白色府邸，位於舊都芳香四溢的樹林附近，那林中的檸檬酸酸甜甜，味似柳橙；我還曾住在一輛馬車上，悠然駛過達爾馬提亞[51]；如今我住在這座花園，坐落在佛羅倫斯的山丘上，面對著菲耶索爾，今天晚上我邀請諸位來此小聚。

「請別過度強調我的幸福必須歸因於機緣時運；固然我有過美好的際遇，但我不曾特意利用它們。不要認為我的幸福是靠財富建立；我的心靈在塵世中了無牽掛，素來一無所有，我可以輕鬆自在地死去。我的幸福是用熱烈癡狂打造而成。我不加區別地透過萬事萬物，狂熱地進行崇拜。」

51　譯注：達爾馬提亞（Dalmatie）地區位於亞得里亞海東岸，是克羅埃西亞的四個歷史地區之一，古羅馬時代曾設行省，歷史上與義大利淵源深厚。

2

我們走上螺旋階梯，登臨一處寬闊的平台，平台宛如一艘停泊在深邃樹海上的巨輪，從那裡可以俯瞰全城；有時它看起來彷彿真的就要開進市區。那年夏天，在走過市井的喧囂之後，我偶爾會登上這艘想像船舶的高層甲板，品味夜色中凝思般的恬靜。一切嘈雜揚起之後，都要逐漸衰頹；猶如滾滾波濤奔騰而至，宏偉的浪頭往上湧起，猛然拍打船壁，然後擴散開來。但我爬得更高，到大浪全然無法打到的地方。在平台極頂，耳畔只剩樹葉沙沙作響，和黑夜熱切的召喚。

蒼翠的橡樹和高大的月桂樹整齊排列在綠蔭道兩側，高聳擎天，樹梢伸到平台邊緣；平台上卻又還有幾段圓弧形欄杆往外突出，好似高懸在碧空中的陽台。我獨自坐在那裡，沉醉在思緒中，真以為自己在破浪航行。在城市另一邊的黝暗山巒上方，天空一片金黃：輕盈的樹枝從我所在的平台垂向輝煌的夕陽，還有一些幾乎光禿禿的枝條朝黑夜伸展而去。市區彷彿煙霧瀰漫，是反光的塵土在燈光明亮的廣場上方懸浮。在熱氣騰騰的迷幻夜色中，有時會有一枚煙火不知打哪兒忽然冒出，彷彿一聲吶喊，呼嘯升空，震顫形影迴旋舞動，然後在一陣神祕的怒放後，又散落而下。我尤其喜愛一種淡金色的煙火，但見火花悠然降落，逍遙自在地散開，留下滿天繁星燦爛，彷彿那也是煙花幻景突如其來的產物；火花散去，仍見星光留綴夜幕，多麼令人驚奇……而後又漸漸分辨出每顆星辰所屬的星座——於是心醉神馳，流連忘返。

●

約瑟夫又開口說道：「我一直受到時運的支配，那是身不由己的事。」

「也罷！」梅納爾克回道：「我寧可告訴自己，事情如果不是那樣，那是因為它原本就不該是那樣。」

3

那天夜晚，他們歌頌的是果實。梅納爾克、阿爾西德和其他幾個人聚會，伊拉斯吟唱了：

〈石榴輪旋曲〉

當然，三顆石榴實便足以勾起普洛賽琵娜[52]的往事。

52　譯注：普洛賽琵娜（Proserpine）是羅馬神話中的春天女神、冥王之后，其相關傳說主要沿承自希臘神話中的普西芬妮。

也許你還要長久尋求
靈魂無可實現的幸福。
肉體之樂與感官之樂，
別人若要譴責又奈他何。
苦澀的肉體與感官之樂，
且由他人為你定罪——我沒這骨氣。

——熱誠的哲人第第耶，我佩服你，
你堅信自己的思想，並因此相信
精神的快樂勝過一切。
然而並非人人皆心懷此種愛好。

當然我也愛你，
我靈魂那致命的顫慄，
心的快樂，精神之樂——
但我歌詠的還是這樣歡愉行樂的你。

肉體之樂，嬌柔如芳草，
又似籬上鮮花那般迷人，
比牧原上的苜蓿更快枯萎或被割除，
也比一觸即謝的繡線菊更易凋殘。

視覺——最令人苦惱的感官……
觸摸不到的一切，全都令人遺憾；
精神容易捕捉思想，
雙手卻難抓到眼睛覬覦的東西。
啊！納坦奈爾，
但願你所渴求正是你能觸摸之物，
切莫希冀占有更完美的事物，
我的感官享有過最甜美的快樂，
不外乎焦渴得以暢快解除。

當然，原野日出時分的薄霧相當綺麗，

陽光明媚旖旎；
赤足底下的溼土美妙無比，
海水潤溼的沙地令人愜意；
悠游在潺潺清泉也真神奇，
暗影中觸動的陌生豐唇濃情蜜意……
然而這果子啊，納坦奈爾，這果子，
教我如何對你說明？
啊！你還沒嘗到這果實的滋味，
納坦奈爾，正是這點令我絕望無力。
果肉豐嫩多汁，
如帶血的肉一樣鮮美，
像淌血的傷口那般殷紅。
納坦奈爾，你不口渴它也要誘你品嘗，
它被盛裝在金色的果籃；
初嘗淡而無味，令人不禁倒胃；
那味道不像世間任何水果；

忽而又似芭樂熟得過火，
軟爛果肉詭異難言；
吃進口裡一陣酸澀，
唯有再吃一顆果實才能驅走那種口感；
品嘗果實的快感迅速消融，
只持續吸吮汁液那一瞬間；
正因那平淡滋味令人吃完更覺作嘔，
食用的片刻反而益形銷魂。
籃中果實很快吃光，
我們將最後一顆留置籃底，
而不加以分食。
唉！納坦奈爾，該如何形容
唇邊那種苦澀燒灼？
什麼水也無法把它洗去。
我們卻渴望吃這水果，
整顆心為此感到焦灼。

我們在市集連續尋覓三日，
奈何時節悄然已過。
納坦奈爾，在我們的旅途上。
何處才有新的水果，
勾起我們的其他想望？

●

有些水果我們是在露台上品嘗，
面對大海，面對西沉的太陽。
有些水果我們用少許烈酒浸漬，
然後凍進甜甜的冰淇淋。

有些水果種在建有圍牆的私人庭園，
可以從樹上直接採摘，
炎炎夏日，坐在蔭涼處品嘗。

我們會擺上幾張小桌；
只消把樹枝稍微搖搖，
果實就掉落在我們四周，
睡僵的果蠅隨之驚醒。
我們將落下的果子裝進瓶甕，
濃濃果香已足令人垂涎。

還有些果實的外皮會沾唇，
除非焦渴難當，我們不會取食。
我們在沙路邊找到這種果子，
它們在充滿荊棘的枝葉間閃動，
伸手摘取時我們被葉刺劃傷；
結果吃了也無法真正解渴。

有些水果我們會拿來做果醬，
只需放在太陽下曬乾。

有些水果過了冬天味道仍酸澀，
咬食之後齒舌痠痲不適。
有些水果連在盛夏果肉也覺冷涼，
人們會走進小酒館，
蹲在草蓆上鮮嘗。

有些水果在遍尋不得時，
回憶起來都令人口乾舌燥。

•

納坦奈爾，我是否該同你談石榴？
在這處東方市集，幾分錢就能買著。
堆放在蘆葦筐中的石榴忽然塌落，
有些掉在泥地上打滾，
只見赤條條的孩子們急忙搶拾。

石榴的味兒酸溜溜，猶似未熟的覆盆子。
石榴花彷彿由蠟製成，
花色與果色恰恰雷同。

珍寶深藏，隔層宛如蜂巢，
滋味豐盈，
結構呈五角造形。
果皮開裂；籽粒掉落，
血紅的果籽落進澄藍杯皿；
還有一些金色珠粒掉在彩釉銅盤。

希密安娜，現在請妳歌頌無花果，
因為它的情愛深藏不露。

她說：且讓我來歌頌
將美麗情愛深藏不露的無花果。

花瓣緊閉，
婚儀在密室中歡慶；
場內香氣毫不向外流溢。
沒有一絲氣息從中散離，
全部花香化為多汁珍味。
樸拙無華的花朵，甜美可人的果實；
果實即是成熟的花朵。

她說：我已詠讚無花果，
現請歌頌世間繁花。

「當然，」伊拉斯回道：「我們尚未歌盡所有水果。
詩人的天賦不外乎：見了李子也要感慨萬千。
（在我眼中，花的價值只在於它允諾果實的結成。）
妳還不曾談過李子呢。」

籬上酸酸的黑刺李，
被冰雪凍得甜如蜜。
枇杷放到熟爛才美味；
色如枯葉的栗實，
在炭火上烤裂真可口。

「記得有天天氣嚴寒，我到山上的雪地裡摘取越橘。」

「我不喜歡雪，」羅泰爾說：「雪這種物質太玄奧，它還沒決定成為大地的一部分。我討厭它那那白花花的詭異模樣，硬要把景物全部埋沒。它冰冷無情，拒絕生命；我也知道生命在白雪覆蓋下受到保護，但只有等雪消融，生命才能復甦。因此我希望雪是灰色、骯髒的，已經融化一半，幾乎成了可以用來澆灌植物的水。」

「別這樣說雪，因為雪也可以很美，」烏爾里奇說：「雪只有在因為愛得過頭而融化時，才會顯出悲傷愁苦的容顏；你就是喜歡愛情，所以希望雪已經融化一半。其實雪在盛氣十足時，才真是美。」

「我們不談這個了，」伊拉斯說：「而若我說『這樣倒好』，你不該說『那就罷了』。」

● 那晚，在場的人都以歌謠形式吟唱了一段。莫里貝唱的是：

〈最著名的情人之歌〉

蘇雷依卡[53]！為了妳我不再啜飲
司酒官為我斟來的美酒。
在格拉納達，鮑阿卜迪我是為了妳，
而替赫內拉里斐宮的夾竹桃澆水。
芭爾琪斯，當妳從南方行省前來讓我猜謎，我就成了蘇萊曼[54]。
他瑪，我是妳哥哥暗嫩，他因不能擁有妳而喪命[55]。
拔示巴，我為追逐一隻金鴿，登上我宮殿的最高樓台，忽見妳赤裸走下，準備入浴；我
就是那大衛王，讓妳的丈夫為我而陣亡[56]。
書拉密女，我曾為妳歌唱，別人聽了幾乎以為那是聖歌。
芙拿莉娜[57]，我窩進妳的懷抱，因愛而歡叫。

佐蓓依德[58]，我是妳那天早上遇到的奴隸，當時我正走在通往廣場的街上，頭上頂著一只空籃，妳令我跟隨妳，要我在籃中裝滿香櫞、檸檬、黃瓜、各式各樣的香料和糖果；然後因為妳喜歡我，又見我喊累，妳便留我過夜，陪伴妳的兩個姊妹和三個王子「卡楞達」。我們忙著聽其他人輪流講故事。輪到我的時候，我說：「佐蓓依德，在與妳相遇以前，我的生

53　譯注：蘇雷依卡是猶太及穆斯林傳統中一名引誘約瑟未果的已婚女子，最初出現於《創世紀》。波斯詩人哈菲茲曾以詩文頌讚她是滿懷熱情的戀人，德國文豪歌德繼而自哈菲茲汲取靈感，以蘇雷依卡這個人物為創作《西東詩集》（*West-östlicher Divan*）的核心元素之一。紀德援引這些典故，讓蘇雷依卡象徵某種將心靈與感官之樂連結在一起的可能性，愛因此而能廣及於世間萬物。

54　譯注：蘇萊曼是《可蘭經》記載的古代先知，芭爾琪斯則是沙巴王國女王。

55　譯注：他瑪是《希伯來聖經．撒母耳記下》記載的大衛之女，以色列第一美男子押沙龍的妹妹。異母兄長暗嫩愛上美貌可比押沙龍的他瑪，在友人約拿達建議下臥床裝病，請他瑪照顧他的飲食。暗嫩藉機求歡，遭他瑪拒絕，暗嫩遂予強姦。押沙龍因此事怨恨暗嫩，兩年後謀殺了他。

56　譯注：拔示巴是《希伯來聖經》中的人物，先後曾是西臺人烏利亞和大衛王的妻子，也是所羅門的母親。《撒母耳記下》記載了大衛誘惑拔示巴的故事。某天大衛從王宮樓台窺見烏利亞的妻子拔示巴在沐浴，遂與她通姦，致使她懷孕。其後為掩飾罪行，大衛將正在作戰的烏利亞召回，希望他與拔示巴同房，藉此讓人以為烏利亞是孩子的父親。但烏利亞不願違反古代以色列軍旅的規定，留在軍隊中沒有回家住宿。大衛只好設計使他死在敵人手中。烏利亞陣亡後，大衛將拔示巴迎娶為妻。

57　譯注：芙拿莉娜指涉的應該是文藝復興時期畫家拉斐爾名作《年輕女子肖像》。

58　譯注：《天方夜譚》中的人物。

命裡沒有故事；如今我又怎會有故事？妳不就是我的全部生命？」——說到這裡，頭頂籃子那人便大肆吃起果子來。（我記得小時候特別渴望吃到《天方夜譚》裡經常提到的蜜餞。後來我嘗到了用玫瑰露浸漬的蜜餞，還有位朋友跟我提過用荔枝做成的蜜餞。）

亞莉亞德尼，我是風塵僕僕的特修斯，
我把妳丟給巴庫斯，
以便能繼續我的行程[59]。

歐律狄絲，我的美人兒，
我是妳的奧菲斯，
我回望一眼，就把妳棄絕在地獄，
因為我讓妳跟得好心煩[60]；

接著模普蘇斯唱了一支歌。

〈不動產之歌〉

眼見河水開始漲起，
有些人就往山裡逃去，
有些人心想：淤泥會讓田變肥沃；
也有些人心想：這下家園全毀；
還有些人什麼也不要想。

河水已經漲得很高，
有些地方還看得見樹木，
有些地方看得見屋頂，

59 譯注：在希臘神話中，特修斯進迷宮殺死怪物米諾陶洛斯以後，帶走亞莉亞德尼。在回航的路上，亞莉亞德尼被酒神戴奧尼修斯搶走。紀德在此援引的巴庫斯是羅馬神話中的酒神，相當於希臘神話中的戴奧尼修斯。

60 譯注：歐律狄絲是希臘神話中的一位仙子，與音樂家奧菲斯的婚姻幸福美滿，但一日不慎踩到毒蛇，被咬之後中毒而死。悲痛萬分的奧菲斯用琴聲打動冥王，冥王許諾讓歐律狄絲跟在他身後返回人間，不過告誡奧菲斯在離開地獄前不可回首張望。奧菲斯踏出冥界時，忍不住轉身確定愛妻是否還跟著他，此時她還未踏出冥界，因此再度墮回地獄。

鐘樓、高牆，遠處的山巒；
還有些地方什麼也看不見。

有些農民將羊群趕上山；
有些人把小孩帶上船；
有些人隨身帶著珠寶、食物、文件，
和任何能浮起來的金錢；
也有些人什麼也不要帶。

這些人乘著舟船飄洋過海，
醒來時發現到了完全陌生的土地。
有些人醒來時已身在美洲，
有些人到了中國，有些人在祕魯的岸濱，
還有些人永遠也不會醒來。

然後古茲曼也唱了一首。

〈疾病輪旋曲〉

在此只記錄最後一段：

……在杜姆亞特，我患了熱病。
在新加坡，我看到自己的身子綴上白色和紫色的疹子。
在火地島，我的牙齒全部掉光。
在剛果河上，一條鱷魚咬去我一隻腳。
在印度，我得了一種癆病，
皮膚變得青綠亮眼，幾近透明；
我的眼睛多愁善感似地睜大。

我生活在一座燈火輝煌的城市；每天夜晚那裡都發生形形色色的犯罪案件，然而在離港邊不遠處，漂盪在海面的帆船總是裝載不滿苦役犯。一天早上，我登上其中一艘船出海，那座城的總督交給我四十名槳手，任憑我指揮。我們航行了四天三夜；槳手們為我耗盡他們那令人佩服的氣力。單調無聊的疲勞，消磨了他們血氣方剛的精力；他們不停搖槳翻動無窮的海浪，身心逐漸倦怠；他們變得更加俊美，流露出沉思冥想的神態，他們的往昔記憶在無垠的大海上隨風而去。夜幕降臨，我們駛進一座運河交錯的城市，一座色澤宛如黃金或塵埃的城市，我們管它叫作阿姆斯特丹或威尼斯，端賴它的身影是金黃還是灰褐。

4

傍晚，在菲耶索爾山腳下的花園，豔陽炫目的白晝已經結束，天色還沒變黑，希密安娜、提第爾、梅納爾克、納坦奈爾、海倫、阿爾西德和其他幾位朋友一起聚會；這些花園座落在菲耶索爾和佛羅倫斯之間，早在薄伽丘[61]的時代，龐斐洛、菲亞梅塔就曾在此地吟唱。

天氣炎熱，讓我們起興在露台上吃了一頓點心餐，然後又走下來，到花園中的綠蔭道上漫步，奏樂吟唱了一陣，接著在月桂樹和橡樹下流連，等著過一會兒要躺在清泉邊的草地上，在青翠的橡樹林掩映下好好休息，消除一整天的疲倦。

我在人群間來回穿梭，只聽見片段的話語，而且所有人談論的都是情愛。

「一切歡情都是美好的，都需要我們去嘗味。」艾里法斯說。

「並非所有歡情都值得人人品嘗；必須有所選擇。」提布爾說。

稍遠處，泰朗斯對費德爾和巴希爾講述：

「我曾愛上一個卡比利亞族[62]女孩，她膚色黝黑，肉體就快成熟，十分完美。在最嬌嗔、最墮落的歡情中，她保有某種令人不知所措的莊重。她是我白天的煩惱、夜晚的歡樂。」

希密安娜對伊拉斯說：

「那是一種需要經常有人去吃的小果子。」

伊拉斯唱道：

「有一些小小的歡情淫樂，對我們來說就像那些在路邊偷摘的小果子，嘗起來酸溜溜，若能再甜些有多好。」

一行人在靠近水泉的草地上坐下。

……有段時間，我附近一隻夜鶯的歌唱使我分神，沒留意他們的談話；待我重新聽他們說話時，伊拉斯說：

「……我的每種感官都有它自己的欲望。每當我想回到我的內心時，都發現我的男女僕從坐滿了我的餐桌邊，沒留下任何位置給我。上座讓口渴給占據了；其他各種渴欲紛紛爭奪那個位

61　譯注：喬凡尼・薄伽丘（Giovanni Boccaccio, 1313-1375），文藝復興時期義大利作家、詩人。《十日談》（*Il Decameron*）、《菲亞梅塔夫人的哀歌》（*Elegia di Madonna Fiammetta*）為其作品拿坡里女子菲亞梅塔癡愛佛羅倫斯商人龐斐洛為《菲亞梅塔夫人的哀歌》中的情節。

62　譯注：卡比利亞人是北非柏柏爾人的一支，傳統上居住在阿爾及利亞北部濱海的多山地區卡比利亞。

置。全桌吵鬧不休，不過所有欲望卻又聯合起來對付我。他們都已經喝醉，當我想要靠近餐桌時，他們群起而攻之；他們把我趕出我的地方；他們把我拖到外面，我只好出來，去為他們摘葡萄。

欲望！美麗的欲望！我會帶給你們壓榨過的葡萄；我會再度斟滿你們的巨大酒杯；不過請讓我回到自己的居處，並且在你們酣醉入眠時，讓我能戴上紫藤和常春藤花冠——用長春藤花冠遮掩我額上的愁緒。」

醉意也盤據我身，再也無法好好傾聽別人說話；夜鶯時而停止歌唱，頓時周遭顯得分外寂靜，彷彿唯有我在獨自凝望夜色；有時我又似乎聽見繁聲四起，與我們這群人的談話交織成一片。那些聲音說：

彼此彼此，我們也經歷過靈魂的慘澹憂煩。
種種欲念硬是不讓我們定神工作。

……今夏我所有欲念都焦渴難熬，
彷彿穿越沙漠天荒路遙。
而我卻不願賜予它們飲料，

因我知道它們喝了會病倒。

（有些葡萄串裡遺忘正在歇息；有些葡萄串裡蜜蜂正在饗食；有些葡萄串裡陽光似乎流連不去。）

有種欲望夜夜坐在我的床頭。
次日黎明我發現它仍舊沒走。
它通宵達旦守護著我。
我一直行走，想讓我的欲念倦怠；
結果只落得自己一身疲勞。

這時克里奧達麗茲唱起一曲。

〈我所有欲望的輪旋曲〉

不知昨夜到底做了什麼夢，
醒來時我所有欲望都乾渴難耐，

彷彿在我的睡夢中，它們走過了沙漠。
在欲念和煩惱之間，
我們的不安一直徘徊。
欲念！難道你們不會厭倦？
喔！喔！喔！喔！這小小歡情飄來！
轉瞬就又消逝！
哀啊！哀啊！我知道怎麼延續我的痛苦，
但卻不知如何馴服我的情樂。
在欲念和煩惱之間，我們的不安一直徘徊。
在我看來，全體人類就像個病人，躺在床上輾轉反側——想好好休息卻怎麼也無法入眠。
我們的欲望已穿越許多種世界，
卻從來無法得到饜足。
渴望休憩又渴求歡情，
整個自然為此焦燥難安。

在空蕩寂寥的居寓，
我們絕望地呼喊。
茫然登上塔樓，
放眼只見一片暗夜。
我們沿著乾裂的堤岸，
如雌犬痛苦哀號。
我們在奧雷斯山脈上，如猛獅般怒吼；
我們在鹽湖岸濱，如駱駝般舔食灰藻，吸吮空心莖幹的汁液；
只因沙漠裡嚴重缺水。
我們宛如燕鷗，
飛渡無處覓食的重洋；
我們宛如蝗蟲，
為求果腹將一切肆虐殆盡。
我們宛如海藻，在暴雨中漂搖擺盪；
我們宛如雪花，在狂風中漫天飛揚。

啊！為了無盡的安息，我企盼裨益良多的死滅；但願我的欲望終於衰竭，不再周而復始不斷輪迴。欲望！我拖著你上路流浪；我在田野間令你淒惶；我在大城市讓你酣飲；我使你爛醉，卻沒為你解渴；——我帶你浸浴在盈滿月光的夜色中；我帶你四處漫步；我帶你隨著波濤盪漾，想讓你沉入浪頭上的夢鄉……欲望！欲望！我該拿你怎麼辦？你要的究竟是什麼？難道你永遠不會厭倦？

月光透過橡樹枝葉流瀉而出，單調卻美麗，一如往常。現在，他們三兩成群在閒聊，我只零星聽見幾句話語；每個人似乎都在對其他人訴說愛情，但毫不在意是否有人在傾聽。然後談話逐漸沉寂；隨著月亮隱沒在橡樹更濃密的枝葉後方，大夥躺在落葉間依偎著休憩，聽著幾個男女繼續喋喋不休，但已聽不明白他們說話的內容。繼而話語變得更加幽微，傳到耳畔時，早已和青苔上的溪流潺潺交雜成一片朦朧聲響。

希密安娜忽然站了起來，用常春藤為自己做了一頂頭冠，我聞到綠葉撕裂的清香。海倫解開長髮，讓它垂落在長裙上。拉雪兒去採了一些潮溼的青苔，用來滋潤眼部，準備一夜好眠。

最後連月亮的光芒也消失無蹤。我繼續躺著不動，只覺心醉神馳，陶然到近乎感傷。我沒談論愛情的事。只等著天亮就要動身，到路上漫無目標地奔馳。倦乏的頭腦早已昏昏欲睡。我睡了幾個小時。——天剛破曉，我就出發了。

第五篇

納坦奈爾，我要與你談談醉意。

納坦奈爾，最簡單的滿足也能令我沉醉，甚至在滿足以前，欲望早已把我薰醉。

1

多雨的諾曼第大地，馴化的鄉村……

你說：我們將在春天擁有彼此，在我熟悉的那些樹枝下；在那個長滿青苔的隱蔽地；時間將是那天的某個時辰；天氣將帶有某種和煦，去年在那裡鳴唱的鳥兒將再次歌唱。——然而，今年春天姍姍來遲；乍暖還寒，帶來一種不同的喜樂。

夏日裡，天氣溫暾，令人無精打采。可是你期盼著一名沒有依約前來的女子。而你說：至少今年秋季將彌補我的種種失意，排解我的萬般憂慮。我猜想她依然不會前來，但至少深幽的樹林將染上一片嫣紅。某些日子還相當和暖，我會到水塘邊閒坐，去年那裡落了好多枯葉。我會在那裡等待日暮黃昏又帶走一天……另一些傍晚時分，我將下坡走到夕陽餘暉映照著的樹林邊。然而，今年秋雨直落；樹木潮溼發霉，沒有著上幾絲秋色，水塘漫溢，你無法前往岸邊閒坐。

今年，我一直在田裡忙碌，參與收割和耕作。我眼看著秋季一天天過去。今年秋天格外溫暖，非往年所能比擬，但經常陰雨綿綿。接近九月底時，一場可怕的暴風整整颳了十二個小時，把半邊的樹木全吹得乾巴巴。沒過多久，未被吹落的樹葉轉為金黃。離群索居的我覺得這件事跟任何其他大事同等重要，值得稍加著墨。

●

日復一日，周而復始。晨昏朝夕，不斷離去。

某些早晨，天還沒亮人就起身，頭腦昏昏沉沉。——啊，灰濛濛的秋日早晨！靈魂未得休息即已醒覺，如此厭悶，如此焦躁無眠，只想再次沉入夢鄉，把那死亡的滋味細細思量。——明日我將離開這冷颼颼的鄉村；這裡的草地已鋪滿薄霜。我知道，就像那些為防挨餓而在地穴裡存放了麵包和骨頭的狗兒，我知道該在何方找尋私藏的逸趣。我知道，在小溪拐彎的窪地有一縷暖風，在樹林圍欄上方聳立著一棵葉子尚未落盡的金色椴樹；碰見打鐵舖的小男孩走在上學的路上，我會微微一笑，輕輕撫摸他；再往前行，遍地落葉散發濃濃的氣味；經過一間茅舍，我會向一個女人微笑，再親親她的小孩；打鐵舖發出榔頭叮叮噹噹的敲打聲，在秋日裡傳得老遠……就這些嗎？——算了，睡覺吧！——實在太微不足道。——而我也已太厭倦，不再有什麼期盼……

在黎明前的朦朧夜色中啟程，著實可怕。靈魂和肉體直打寒顫，感覺頭昏眼花。卻仍得找些還能帶走的東西。「梅納爾克，在一次又一次的啟程中，你如此喜歡的究竟是什麼？」他回道：「死亡的前味。」

當然，重點不是要看還有什麼該帶走，而是放棄一切對我並非不可或缺的事物。啊，納坦奈爾！還有多少東西是我們可以卸除的！靈魂從來無法真正卸載，就讓它終於能盛裝足夠的愛吧——情愛、期盼和等待，唯有這些才是我們真正的資財。

啊！多少地方同樣能讓我們生活！多少幸福無盡繁衍的地方。勤勉耕耘的農場；價值無法估量的農活；疲憊；安詳無比的沉睡……

啟程吧！無論停在何方，我們就在那裡落腳！……

2

驛車之旅

我褪去城裡的裝束，以免總得保持過度的莊重。

他坐在那裡，依偎著我；我感受到他的心跳，知道他是個活生生的東西，小小身軀的體熱燃燒著我。他靠在我的肩頭沉睡；我聽見他的呼吸。他呼出的溫熱氣息令我難受，但我沒有移動，深怕把他弄醒。這輛車子擠得嚇人，他那嬌弱的腦袋隨著車子的顛簸不停地搖晃；其他人也都還在夢鄉，設法在殘夜耗盡之前多睡一會。

是的，我當然體驗過愛，一次次的愛情和其他許許多多；可是當時的那份溫情，難道我能默然以對？

是的，我當然體驗過愛。

●

我讓自己成為遊蕩者，為的是能與一切遊蕩的事物相拂觸。對於所有無處取暖的東西，我心懷濃郁的溫情，而我也曾熱烈地喜愛所有漂泊不定的事物。

●

記得四年前，我在這座小城度過某天的黃昏時分，現在我又舊地重遊；當時時序同樣是秋季，同樣不是星期天，而一天中的暖熱時刻也已過去。

記得那次也像現在一樣，我在街頭漫步，一路走到城邊；一座平台式庭園在那裡開展，視野環抱周遭美麗的田園。

我沿著同一條路走去，認出所有景物。

再度踏上往昔的足跡，重溫當時的情緒……有一張石凳我曾坐過。——就是這裡。——那時我在這裡看書。看什麼書？——啊！是維吉爾[63]。——那時我還聽見洗衣婦搗衣的聲音從下面傳來。——現在我也聽到了。——那時沒有一點風。——就像今天這樣。

放學的孩童從學校出來；我記得這情景。行人來來往往，也跟上次一樣。那時夕陽無限好，現在也已近黃昏；白日的歌唱即將止息……

就這些了。

「可是，」安潔樂說：「這還不夠作一首詩呢……」

「那就算了吧。」我回道。

●

我們見識了拂曉前匆忙起身的景況。

車夫在院子裡把馬匹套上驛車。

一桶桶水沖洗砌石街道。汲水機發出響聲。

一夜思緒紛紛，無法入睡，醒來腦袋昏昏沉沉。旅人必須離開的地方；小小的臥房；在這兒，我的頭曾倚靠片刻；我感受過，思想過；也曾徹夜未眠。——一死百了！死在哪裡都好（一旦人不再活著，就哪兒都無所謂，哪兒都不算數）。活著的時候，我曾在這裡。

一個個被我拋在身後的房間！一次又一次的啟程，多麼美妙，我從來不願悲傷地離去。只要想到當下占有**眼前的一切**，內心總是一陣狂喜。

---

63 譯注：維吉爾，古羅馬奧古斯都時代的詩人。

就在這扇窗前，我們再憑欄遠眺一會吧……出發的時刻總會來到。出發前這個瞬間，我立刻就要……在這黑夜即將結束的時刻，我要這樣憑欄遠眺，眺望幸福的無窮昭告。

迷人的瞬間，請讓晨曦如波濤般灑向無垠的青空……

驛車已備妥。出發吧！就讓我剛想過的一切隨我一起迷失在遁逃的眩暈之中……

驅車穿越森林。經過一個冷暖交雜、香氣縈繞的地區。最和暖的空氣夾帶著大地的氣息；最陰涼的氣味是從潮溼的腐葉飄散而出。——原本我閉著眼睛，現在我把雙眼睜開。——果然沒錯：那邊有一地落葉，這裡是一片翻耕過的泥土。

史特拉斯堡

啊，「瘋狂的大教堂[64]」！你那鐘樓直入雲霄！在鐘樓頂端，就像坐在搖搖晃晃的氣球吊籃裡，放眼可以看見屋頂上的鸛鳥：

踩著細長的雙足，

模樣端正而拘束，

緩慢移步，因為要使喚那雙腿實在辛苦。

旅棧

夜裡，我會躲進倉房深處睡覺；
車夫總要來糧草堆裡把我找到。

旅棧

……第三杯櫻桃酒下肚，熱血開始衝上我的頭顱；
第四杯酒下肚，開始感覺輕飄飄，醉意將所有物體朝我拉近，彷彿讓我伸手可取；
第五杯下肚，我所在的廳堂、一整個世界，彷彿終於有了堂皇的規模，而我堂皇的思想在那裡更加自由地運行演化；
第六杯下肚，我已有些疲倦，於是遁入夢田。
（人的官能所感受的種種快樂向來殘缺不全，如同虛假的謊言。）

64 譯注：援引法國詩人保羅．魏崙（Paul Verlaine, 1844-1896）詩句：「在你展開的石翼上，啊，瘋狂的大教堂！」出自《智慧集》（*Sagesse*）。

旅棧

我見識過客棧裡那種容易上頭的酒，它帶有一種味如紫羅蘭的後勁，讓人在午後時分昏暈酣睡。我見識過夜裡喝醉的光景，思緒強勁猛烈，整個大地彷彿在它的重壓下晃動。

納坦奈爾，我要與你談談醉意。

納坦奈爾，最簡單的滿足也能令我沉醉，甚至在滿足以前，欲望早已把我薰醉。我在路途上找尋的，首先並非一間旅棧，而是我的飢餓。

醉意——由空腹產生的醉意；一大清早就出門走路，飢餓的感覺不再是食慾，而成為一種眩暈。一直走到夜幕降臨，口渴也會帶來醉意。

由於飢渴至極，粗茶淡飯在我眼中顯得分外豐盛，好比一場放肆的宴飲；我滿懷詩意狂情，縱身品嘗生命的強烈感受。一股淫逸之氣從我的感官蕩漾出來，讓所有碰觸到我感官的物體彷彿都成為可以觸知的幸福。

我體驗過一種令思想稍微走樣的醉意。記得有一天，思緒條理分明，宛如可以一節節抽出的圓筒望遠鏡；以為剛出現的想法已經最妥善，殊不知總有更細膩的念頭迸然而生。記得還有一天，思緒圓潤至極，只需任憑它們滾動。又記得有一天，思緒充滿彈性，每個想法都陸續有了其他想法的形狀，相互調整配合。另有一些時候，兩種想法有如平行線，似乎一直延伸到永恆的盡頭也不願交會。

我還體驗過一種醉意，它會讓人以為自己比實際上更優異、更偉大、更值得尊敬、更有德行、更富有……等等。

秋天

秋耕工作在田野間大肆開展。壟溝在暮色中揚起煙霧；耕馬已經疲憊，步履逐漸緩慢。每天黃昏都令我沉醉，彷彿我從中初次聞到泥土的氣息。在這樣的向晚時分，我總愛坐上森林邊緣鋪滿落葉的斜坡，聆聽耕作的農民唱歌，凝視倦弱的夕陽逐漸沉睡在天邊的原野。

潮溼的季節，多雨的諾曼第大地……

漫步。——荒原（寂寥但不嚴峻）。——峭壁。——森林。——結冰的溪流。在蔭涼處小憩；談天說地。——紅褐色的羊齒植物。

「啊，牧原！」我們思忖：「為何旅途中我們沒能遇見你？我們多想策馬飛馳而過。」（牧原四周有森林環繞。）

在黃昏漫步。

在夜裡漫步。

漫步

……對我而言，「存在」變得充滿奢淫逸趣。我想品嘗生命的所有形式；想品嘗魚類和植物的生存方式。在感官的各種喜悅之中，觸覺的快感最令我羨望。

秋天裡，一棵樹獨自佇立在原野上，任由驟雨從四周襲來；紅褐色的樹葉紛紛飄落。我心想，那水將長久澆灌樹根，在浸飽水分的地底深處。

在那種年齡，我的赤足喜愛接觸潮溼的土地、水波汩汩的淺窪、清涼或溫潤的泥巴。我知道我為何如此喜歡水，特別是那些溼漉漉的東西：只因水比空氣更能讓人立即領略它的溫度變化所帶來的不同感覺。我真喜歡潮潤的秋風……多雨的諾曼第大地。

拉洛克

農車滿載剛收穫的芳香食糧，從田間歸來。
倉房裡堆滿糧草。
沉重的農車，你與邊坡碰撞，在轍溝裡顛簸；多少回，我同一群翻曬草料的野小子躺在乾草堆上，讓你從田間載回！

啊！什麼時候我還能躺在草堆上，等待夜幕降臨？……

夜幕降臨；我們抵達倉房門口，就在那農莊的院子裡；一抹夕陽餘暉還在那裡遊移。

3

農莊

農夫！

農夫！請歌頌你的農莊。

我想在你的農莊歇息一會兒——在你的倉房旁邊夢想飼草的清香將喚我憶起的夏天。

拿起你的所有鑰匙；為我將門一扇一扇打開。

第一扇門是倉房的門……

啊！倘若韶光能忠實！……啊！我怎麼不待在倉房邊，躺在那暖和的草堆上休息！……何必浪跡天涯，憑著一股熱切癡狂，硬要戰勝沙漠的乾涸！……若我留在此處，我可以聆聽收割者的歌聲，可以安心清閒地凝望沉甸甸的大農車載回滿滿收穫——珍貴無比的食糧；這些答覆彷彿正等著回應我的千種欲望所提出的問題。我不必再到原野上尋覓能滿足它們的事物；我在這裡就能從容不迫地讓它們飽餐。

人有笑的時候——也有笑過的時候。

確實，人有笑的時候——然後有回憶自己笑過了的時候。

當然，納坦奈爾，肯定是我自己在凝視同樣這些青草隨風擺盪，不會是別人——為了散發飼草的氣味，青草現在已經枯萎，就像所有被剷除的東西一樣……凝視這些生氣蓬勃的青草展現鮮綠或金黃的身姿，在晚風中搖曳。啊！怎不回到當時，躺在草地邊上……豐茂的青草曾經迎接我們的歡愛。

小獵物在草葉間奔跑，每條牠們跑出的路徑都堪稱林蔭大道；我俯下身去，仔細觀察地面，從一片葉子到另一片葉子，從這朵花到那朵花，我看到數量龐大的小昆蟲。

我從綠葉的光澤和花朵的質感，可以辨認出土壤的溼度。某片草地鋪綴著星星點點的雛菊，但我們更喜歡其他幾處草坪，那是我們歡愛的所在；草坪上開滿白色傘狀花，宛如罩上一層白紗，有些白花輕盈雅致，另外那些牛防風開的花則身形碩大，花瓣厚實不透光。向晚時分，草地變成一片墨綠，所有白花彷彿從莖梗脫離，由升騰的霧氣托起，像亮晶晶的水母般自由自在地漂浮。

第二扇門是糧倉的門。

成堆的穀粒，我要頌讚你們。穀物；黃紅的麥子；期盼中的財富；無以估價的食糧。

哪怕我們的麵包告罄！糧倉，我握有你的鑰匙。成堆的穀粒，你們就在倉庫裡。在我的飢餓消解以前，你們該不會被全部吃光？田野間飛鳥翱翔，穀倉中鼠輩成群；還有那些在我們的餐桌就座的窮人……是否有足夠的存糧，可以撐到我的飢餓結束？……

穀粒，我把你抓了一把來保留；我將它播撒在我的肥沃田地；在春光明媚的季節撒種；一粒種子產出一百粒，另一粒種子產出一千粒……

穀粒啊，穀粒！我在哪裡飢餓難耐，你們就會在那裡豐美富饒！

麥子啊，你開始生長時，好像一株青綠的小草；告訴我，你那彎彎的莖桿兒，將支撐哪把金黃的麥穗？

金色的麥稈、麥穗和麥捆——我播下的一小把種子……

第三扇門是製酪場的門：

休憩！寂靜；柳條籮筐不斷滴瀝，乳酪逐漸乾縮；再把乳酪團塊放進金屬管筒壓實；在七月的大熱天，凝乳的氣味顯得更新鮮、也更清淡……不，不是清淡，而是隱約只有一股似有似無的酸味，得吸進鼻孔深處才能察覺，與其說是氣味，毋寧已是等著入口的滋味。

整理得十分潔淨的攪乳器。甘藍菜葉乘托的小塊奶油。農婦發紅的雙手。窗戶總是敞開，但裝了金屬紗網，防止貓兒和蒼蠅進入。

成排的大碗盛滿牛奶，牛奶的顏色日益變黃，直到乳油全部浮上來。乳油慢慢結層；先是膨脹，繼而皺縮，乳汁就這樣脫了脂。等到乳汁完全變清，就可以把奶油撈出……（不過納坦奈爾，我沒法向你說清這整個過程。我有一位務農的朋友，他談起這些事才叫頭頭是道；他為我解釋每種東西的用處，並讓我知道就連乳清也有它的功用。）（在諾曼第，乳清被拿來餵豬，不過據說它還有更好的用途。）

●

第四扇門是牛棚的門：

牛棚裡暖和得令人難以忍受，但乳牛的氣味聞起來很舒服。啊！多想回到孩提時代，跟渾身香汗淋漓的農家孩子一起，在乳牛的腿下跑來跑去；那時我們會到食槽的角落裡找雞蛋；我們會連續好幾小時觀看那些牛，看牛糞落下，啪一聲攤在地上，我們還會打賭哪頭牛先拉屎；有一天我嚇得逃了出去，因為我覺得其中一頭牛忽然就要產下一頭小牛。

●

第五扇門是果品貯藏室的門：

陽光普照的窗前，一串串葡萄掛在細繩上；每顆葡萄都在醞釀、熟成，暗自咀嚼光線，精心製造芳香的果糖。

梨子。堆積如山的蘋果。水果啊！我吃了你們多汁的果肉。我把核仁丟在地上；願它們發芽！再為我們帶來歡樂。

嬌嫩的杏仁，許諾著奇蹟；果仁；在沉睡中等待的小小春天。兩個夏季之間的果實；被夏季穿越的種子。

納坦奈爾，接著我們還要思量種子發芽的痛苦（胚芽為了衝破種子外殼而付出的努力令人佩服）。

不過現在，且讓我們為此驚嘆：每次授粉都伴隨著歡情。果子被包藏在香甜的滋味中；對生命堅忍不懈的追求必將帶來無窮的歡愉。

果肉，愛情的醇美證明。

●

第六扇門是壓榨室的門：

啊！廠棚下熱氣消退了，多希望此刻我正躺在你的身邊，在蘋果渣之間，在經過壓榨、酸味嗆鼻的蘋果之間。啊！書拉密女！倘若我們的身體躺在溼漉漉的蘋果上，憑藉蘋果聖潔的香氣，那份歡情是否比較不容易枯竭，在那些蘋果上，淫樂是否將更加持久……

我的回憶在機輪轉動的聲音中蕩漾。

●

第七扇門通向蒸餾室：

光線昏暗；爐火熾烈；機器被籠罩在晦暗中。銅盆的亮光從中迸現。蒸餾器；它的神祕汁液被萬分珍惜地收集。（我也見過用這種方法收集其他汁液的場面：松脂、甜櫻桃樹的變質膠液、橡膠樹的乳汁、棕櫚樹被截頂後流出的酒液。）細口玻璃瓶；一整波的醉意在你裡面匯集，洶湧激盪；酒精，凝聚了水果的全部甘美和強烈質性，還有花朵的所有愉悅與馥郁。

蒸餾器：啊！金色液滴即將滲出。（有些果液比櫻桃濃縮汁還要美味；有些跟草地一樣芳香。）納坦奈爾！這真是個奇蹟般的景象，彷彿一整個春天都濃縮在這裡……啊！現在，且讓我的醉意以戲劇方式將春天一幕幕鋪陳。讓我幽閉在晦暗的房間痛飲一番，等會我就不會再留意這房間的存在；讓我痛飲一番，這樣我的身體才能再次領略——這也是為了解放我的精神——我期盼的所有他方顯現出來的幻象。

●

第八扇門是農具庫的門：

啊！我把我的金杯砸碎了——我醒了。醉意向來不過是幸福的替身。馬車！隨時為我們帶來逃逸的可能。雪橇，冰封的國度，我把我的種種欲望套在你們身上。

納坦奈爾，我們走向萬事萬物，陸續靠近一切。我在馬鞍兩側的皮套裡放了黃金；在我的箱子裡裝了幾乎能讓人愛上嚴寒的皮草。車輪，誰會計算你奔逃時轉動了幾圈？馬車！為讓我們歡欣快活而離地懸浮的輕巧房屋，且讓我們突發奇想，將你們劫去！犁，讓我們的牛兒帶著你們，在我們的田上漫步！請你像刮刀一樣翻整土地！放在庫房裡久未使用的犁鏵會生鏽，還有所有那些農具……潛伏在我們生命中的各種惰性啊，你們全都在痛苦中等待——等待某種欲望套上來將你們拉走，——假使你們憧憬那些最美的國度……

雪橇！我把我的所有欲望套在你的身上。願我們急速馳騁，在你身後揚起一片雪塵！

●

最後一扇門向曠野敞開。

第六篇

「哨兵！這一夜你有什麼發現？這一夜你有什麼發現？」

「我見到一個世代升起，我見到另一個世代沉落。我見到一個浩浩蕩蕩的世代升起，歡喜激昂，升向新的生命。」

林科斯

生而為觀看
命定來守望
——歌德，《浮士德》第二卷

●

上帝的戒律啊，你已使我的靈魂受苦。
上帝的戒律，你將有十條還是二十條？
你打算將你的界限緊縮到何種程度？
是否要教誨世人禁忌事項日日增多？
只因渴望我認為凡間美好的事物，
是否就該遭受新的懲處？
上帝的戒律啊，你已令我的靈魂生病，
你用高牆封住能為我止渴的唯一水源。

……但如今，納坦奈爾，我滿心憐憫，
相信人類的細微過失情有可原。

●

納坦奈爾，我要教導你：萬事萬物，都出神入化地自然。

納坦奈爾，我要向你談論一切。

小牧人，我要把沒有鑲上金屬的牧杖交到你手中，我們將輕柔地帶領未曾追隨任何主人的羊群，緩緩走向四面八方。

牧人啊，我要把你的種種欲望，引向凡間一切美好的事物。

納坦奈爾，我要讓新的焦渴在你的唇上燃燒，然後將滿杯清涼送到你的嘴邊。我曾暢飲過；我懂得那些能為口唇解渴的甘泉。

●

納坦奈爾，我要向你談談水泉。

有些水泉從山岩間噴湧；

有些水泉從冰川下冒出；

有些水泉分外幽藍，看來深邃異常。

（正因這緣故，錫拉庫薩的西雅奈河[65]顯得特別美妙。）

蔚藍的清泉；隱蔽的水池；紙莎草叢間水花飛濺；我們從小舟上俯身，但見碧藍的魚兒在宛如藍寶石的砂礫上方悠游。

在札格萬，從仙女泉湧出的水流昔日曾經灌溉迦太基。

在沃克呂茲，泉水從地下湧出，水量盛大，彷彿已流經悠長歲月；泉流幾乎可比江河，人們可於地下溯游而上；水流穿過洞窟，沒入一片森黑。火炬的亮光搖晃不定，彷彿受洞窟環境壓抑；然後來到某個特別晦暗的地方，令人不禁心想：不行，恐怕不可能繼續前進了。

有些水泉含有鐵質，將岩石染得色彩斑斕。

有些水泉含有硫磺，綠盈盈的溫熱泉水乍看似乎有毒；可是納坦奈爾，下水沐浴以後，肌膚竟變得細嫩柔滑，浴後撫摸身子，感覺妙不可言。

有些水泉每到黃昏就升起一片氤氳；霧氣乘著夜色在周遭飄浮，到了清晨又慢慢消散。

有些水泉是涓涓細流，悄然隱沒在苔蘚和燈心草叢間。

有些水泉是浣紗女滌衣的天地，還能為磨坊提供動力。

永不枯竭的泉源！水流噴湧。水泉底下水量多麼豐沛；隱蔽的蓄水池，露天的水甕。堅硬的岩石將崩解碎裂，山岳將覆滿青蔥草木；不毛之地將朝氣蓬勃，愁苦的荒漠將遍地開花。

●

更多水泉從地下湧出，遠遠超過我們的渴求。

水流不斷更新；在天邊蒸騰的霧靄落回人間。

倘若平原缺水，就讓平原去山中暢飲吧——或者讓地下溝渠將山中泉水引向平原。——格拉納達令人讚嘆的灌溉系統。——蓄水池；仙女泉。——無庸置疑，水泉充滿超凡脫俗的美——沐浴其中，舒暢感受難以言喻。水池啊！水池！你滌淨我們的一身凡塵。

65　譯注：西雅奈河（La Ciane）是義大利西西里島東南部的一條小河，流經錫拉庫薩入海，以水色湛藍著稱。河名源自羅馬神話中的一名水仙子西雅奈（希臘文原意為「深藍」），西雅奈企圖阻止冥王擄走玩伴普洛賽琵娜，但未成功，傷心之餘流下一灘淚水，自己隨之溶化其中。

宛如旭日在晨曦中徜徉，
好似月光在夜露中閃亮，
我們在你的清波間蕩漾，
洗去肢體裡的勞頓疲僵。

水泉充滿超凡脫俗的美；從地下濾出的清水也是。這種水源明淨清透，有如穿過層層水晶而來；掬水入口，暢快感受不同凡響。泉水淡如空氣，無色無臭，彷彿不存於凡間；只因它沁涼無比，我們才覺知它的存在，而這似乎是它深藏不露的美德。納坦奈爾，你是否明瞭人為何渴望暢飲這樣的水？

我感官的至喜極樂，
無非乾渴已然得解。

納坦奈爾，現在我將為你吟唱：

〈我的焦渴得解之輪旋曲〉

我們的雙唇不顧親吻的誘惑，
執意嚮向斟滿的杯子，令其前來；
斟滿的杯子，迅即飲盡。

我感官的至喜極樂，
無非乾渴已然得解。

●

飲品精采紛呈，
有些使用鮮榨橙汁，
有些係以檸檬調製，
滋味酸中帶甜，
喝來沁人心脾。

我曾用纖薄無比的玻璃杯啜飲，
擔心杯身吹彈即破，
遑論齒牙稍微撞擊；
然杯中瓊漿益顯甘美，
因它與雙唇幾無隔閡。
我也喝過軟杯盛裝的飲品，
只要用手輕輕擠壓，
酒液就會湧到唇梢。
我還曾終日頂著豔陽行走，
夜暮時分投宿旅店，
用粗劣的杯子喝甜膩糖水。
有時飲水池中的水異常凜冽，
飲後尤覺夜色陰涼。
我喝過裝在皮囊中的水，
它有股柏油山羊皮的異味。

我曾幾乎趴在溪邊暢飲，
甚想跳入溪中戲水；
赤裸的雙臂伸進流水，
直抵潔白卵石輕輕擺動的溪底……
清涼快意隨之從肩頭浸潤全身。

牧人以雙手掬水飲用；
我教他們用麥管汲飲。
有時我會頂著烈日行走，
在夏日最炎熱的時分；
我刻意塑造強烈的乾渴，
然後才來痛飲一番。

我的朋友，你可記得，在那次我們的艱苦旅途中，某天我們半夜起身，渾身大汗，
為的是喝到冰鎮在瓦罐裡的清水？

蓄水池、隱蔽的水井，婦女會到那裡汲水。
未曾見過天光的水，帶著暗影的氣味。
冒著氣泡的水。

異常清澈透明的水，
我卻希望它有湛藍甚至青綠的色澤，
這樣我會覺得它更加冰涼，而且略帶茴香的氣味。
我感官的至喜極樂，
無非乾渴已然得解。

不！滿天的星辰、大海中的珍珠、海灣畔的點點白羽，我尚未一一清點。
還有樹葉的低語；還有晨曦的笑容；還有夏日的歡顏。現在我還需多說什麼？只因我靜默無語，你是否就以為我的內心也已歇息？
啊，沐浴在碧藍中的田原！
啊，浸漬在蜜汁中的鄉野！
蜜蜂將滿載蜂蠟，翩然飛來……

我見過一些幽暗的港口，黎明尚未到來，還隱匿在交織如林的桅桁和船帆後方。小舟在晨光中悄然無聲地從大船之間划向海面；漁人低頭彎身，從繃緊的纜繩下方悠然掠過。

夜裡，我見過無數貨船啟程，一艘艘大船隱沒在黑夜中，一路航向白晝。

●

它們不像珍珠那般明亮，也沒有清泉那麼晶瑩；然而小徑上的鵝卵石卻也熠熠生輝。在我走過的那些林蔭小徑上，卵石輕柔地接收光芒。

然而關於磷光，啊！納坦奈爾，我該說些什麼？磷質具有無數細孔，能吸收靈氣，溫順地接受所有自然法則，而且通體透明。你沒見過那穆斯林城的高牆迎著夕照泛紅，入夜後透出微光。深邃的城牆，白天你任陽光灑瀉；正午時分，你已飽存日光，展現潔白色調，乍看宛如金屬；夜色裡，你再幽幽釋放光澤，低聲訴說光明的故事。——古城啊，你在我眼中顯得如此透明！從那邊的山丘上眺望，你在暗黑的夜幕籠罩下閃動光芒，正像那些象徵虔誠心靈的白玉琉璃燈，光亮滿盈，彷彿透過細孔流出，讓乳色的光暈漫溢在周圍。

暗影中路面上的白色鵝卵石；光明的貯藏體。荒原暮色中一叢叢的白色歐石南；清真寺內一塊塊的大理石板；海中岩洞裡一朵朵的海葵……任何白色都是被存留起來的光明。

我學會透過各種物體吸收光線的能力來評斷它們；有些物體白天接收陽光，到了夜晚就讓我覺得像是發光的細胞。——我見過正午在原野上奔騰的水流，流水滑瀉到遠處森暗的岩石下方，如串串珍寶匯聚，閃動萬道金光。

不過，納坦奈爾，在此我只想與你談有形的事物——絕不談**不可見的真實**；因為……正像那些搖曳生姿的美麗海藻，一旦被撈出海面，就要變得黯淡無光……

同理……等等。

——變幻無窮的景緻不斷向我們昭示：景物中蘊含無盡的幸福、冥思與愁緒，而我們尚未認識它們的所有形式。我知道，在某些童年的日子，我時時還會感覺悲傷，但當我來到布列塔尼的荒原，滿心的憂愁似乎覺得獲得周遭景物的理解與接納，頓時從我身上脫逸而出——於是，愁緒彷彿現身在我眼前，讓我愉悅地賞玩。

無窮無盡的新意。

他做了一件簡單不過的事，然後說：

我明白這事從未有人做過，從未有人想過，也從未有人說過。——倏地，我覺得一切都顯得純潔無瑕。（世界的整個過去完全消融在此時此刻。）

● 七月二十日，凌晨二時

起床。「千萬不能讓上帝等待！」我一邊起床一邊叫道。無論多早起身，總能看到自然界的生命已在運行；自然生命就寢得比我們早，不像我們這樣總要教神明等待。

曙光，你是我們最親愛的快樂。
春天，夏日的曙光！
曙光，每日的春天！
我們尚未起床，
彩霞即已出現……
……然而朝霞從來不夠早，
或說晚霞向來不夠晚，
永遠碰不上月亮……

睡眠

我體驗過夏日的午睡——從一大清早開始工作到中午，終於可以休眠；疲憊不堪的酣睡。

下午二時。——孩子們已經睡去。沉悶的寂靜。也許可以彈奏點音樂，但沒這麼做。印花布窗簾的氣味。風信子，鬱金香。衣物間。

下午五時。——渾身是汗地醒來；心臟怦怦跳動；猛打寒顫；腦袋輕飄飄；通體舒泰；肌膚毛孔全張，所有事物似乎都曼妙無比地侵入。斜陽西沉；草地一片金黃；黃昏已近，雙眼睜開。啊！向晚的思緒如美酒瓊漿！夜晚的花朵盡情開張。用溫水清洗額頭；外出……果樹沿牆而立；夕陽映照在築有圍牆的花園。道路；從牧地歸來的牛羊；不必再看的日落——因已觀賞足夠。

返回室內。在燈下重拾工作。

納坦奈爾，關於床鋪，我能對你說些什麼？

我曾睡在乾草堆上，也曾睡在麥田的壟溝裡；我曾在陽光普照的草地上安眠；夜裡，我躺進存放飼草的倉棚。我曾將吊床掛上樹枝，也曾在搖晃的波濤上成眠；睡在甲板，或是船艙狹窄的臥鋪，面對著宛如一只荒唐大眼的舷窗。有些床鋪上有如花的玉女在等候我；在另外一些床鋪上，我也曾等待年輕的兒郎。有些床鋪極其柔軟，好似為歡愛而存在，正與我的肉體一樣。我曾睡在營房的硬板床，那樣的睡眠真是可怕的煎熬。我曾睡在奔馳的火車上，時時刻刻感覺到車廂在移動。

納坦奈爾，有些入睡前的準備功夫可真美妙；有些睡飽後的甦醒也很奇妙；但是沒有真正美妙的睡眠，而只有在我相信夢境是真實的時候，我才會喜歡作夢。須知再美的睡眠，也抵不上醒來的時刻。

我養成面窗而睡的習慣，窗戶大開，感覺有如披星露宿。在七月酷熱的夜晚，我全身赤裸，睡在月光下；黎明一到，烏鶇的鳴唱就把我吵醒；我全身浸入冷水，很得意自己一大清早就已展開一天的生活。在侏羅山區[66]，我的窗戶俯臨一處山谷，不久後山谷中已經積滿白雪。我從床上

66　譯注：侏羅山（Le Jura）是阿爾卑斯山北側的一個山群，主要位於法國和瑞士邊境，東北端一部分延伸到德國。

就能望見樹林的邊緣；那裡有大烏鴉或小嘴烏鴉在上空盤旋。清晨，牛群的鈴鐺聲將我喚醒；我的住所附近有一處山泉，放牛人會趕著牠們到那邊飲水。這些情景全都歷歷在目。

在布列塔尼的客棧裡，我喜歡讓身體接觸洗過以後飄著清香的粗布床單。在貝勒島[67]上，喚我起床的是水手們的歌聲；我跑到窗口，凝視輕舟一一離去；隨後我便走向海邊。

有些住所分外美妙，然我不願長住在其中任何一處；擔心門戶一關，房屋便成陷阱，如禁錮心靈的囚室。游牧生活就是牧人的生活。——納坦奈爾，我要把牧杖交到你手中，現在輪到你看管我的羊群。我已疲倦。但請你即刻出發；所有國度任你暢行，永不飽足的羊群總是咩咩叫喚，奔向新的牧原。

納坦奈爾，有時一些奇異的寓所令我留戀。有些位於林間，有些建在水邊；有些則寬敞悠閒。然而，一旦我已習慣不再留意它的存在，不再為它感到驚奇，一味只受窗外景物吸引，思緒開始天馬行空，我便會離開那個住處。

（納坦奈爾，這種追求新奇事物的激烈渴欲，我無法向你解釋。我不認為它會磨損事物的樣貌，或使它們失去繽紛色彩；只是乍見某樣事物時，我的剎那感受是如此強烈，以至後來再怎麼觀賞，都無法增強最初的感覺。於是，儘管我經常重訪舊城故地，我的用意只是要體會時日變遷和季節遞嬗，因為這種變化在熟悉的地方比較容易感受出來。旅居阿爾及爾期間，若我每天都要在日暮時分走進同一間摩爾人的小咖啡館，那也是為了目睹時間如何緩緩改變那樣一個小小的空間，為了觀察從一天的黃昏到另一天的暮晚，每個人身上難以察覺的演變。）

在羅馬，我住在蘋丘附近與街道齊平的房間，窗口裝有鐵欄杆，彷彿牢房的柵欄。賣花女向我兜售玫瑰，空氣中瀰漫著花香。在佛羅倫斯，我坐在桌前，就能望見混濁的阿爾諾河河水溢出河道。比斯克拉[68]的露天平台上，萬籟俱寂，梅莉恩在月光下姍姍而來。她全身包裹在一件扯破的白色大袍中，走到玻璃門前，笑吟吟地抖落罩袍。精緻小點已經擺在我的房間，只等她享用。在格拉納達，我房間的壁爐上擺的不是燭台，而是兩顆西瓜。在塞維亞，有一些幽靜的中庭；那些庭院是以淺色大理石鋪砌而成，綠蔭覆蓋，水氣清涼；流水潺潺，在庭院中央的小噴泉裡淙淙作響。

一堵厚牆，既能阻擋北風，又能讓南邊的陽光透入；一幢活動房屋遊走四方，任憑南國的全部恩惠長驅直入……納坦奈爾，我們的房間該是什麼模樣？美景之中，一處棲身之所。

●

67 譯注：貝勒島（Belle-Île）是法國布列塔尼最大的島嶼，位於南岸外海，距離大陸十餘公里。島名Belle-Île意為「美麗島」。

68 譯注：比斯克拉（Biskra）是阿爾及利亞東北部比斯克拉省省會，位於撒哈拉沙漠邊緣。

我還想對你訴說窗戶。在拿坡里，白天人在陽台上說地談天，晚間依偎在幾位女子的淺色衣裙邊，讓綺思異想恣意蔓延；半垂的簾幕將我們與舞會的眾聲喧騰隔開。人們的話語是那麼矯揉造作，交談過後只想靜默片刻；然後濃烈迫人的橙花香氣從花園飄來，還有夏夜鳥兒的歌聲；那些鳥兒時而停止歌唱，於是我們隱約聽見浪濤的聲響。

陽台；盛滿紫藤與玫瑰的花籃；向晚的休憩；柔和的暖意。

（今晚，一陣淒厲的強風拍打著我的窗戶哭泣，窗玻璃水滴淋漓；我竭力讓自己喜愛這風雨，甚於其他一切。）

●

納坦奈爾，我想向你談談城市：

我見過士麥拿[69]沉沉入睡，彷彿一位平躺的少女；拿坡里猶如淫蕩的浴女；札格萬則像一名卡比利亞牧人，黎明時分，曙光染紅了他的雙頰。阿爾及爾在陽光下因愛而顫慄，到了夜裡又為愛而銷魂。

在北方，我見過一些安睡在月光下的村莊；屋宇的牆壁是藍黃兩色交相錯落。村莊周圍展開一片曠野；田地上總有大堆大堆的乾草。踏出門外，即是空無一人的鄉野；倦遊歸來，村莊又已沉沉入眠。

一個又一個城市，各具風情；有時真不知它們是怎麼在那裡建起。——啊！東方的城市，南國的城市；平頂房舍聚合的城，白色的露台；夜晚，浪蕩的女子來到露台上作夢。尋歡作樂；情愛的盛宴；從不遠處的山丘望去，廣場上的路燈彷彿暗夜中磷火閃爍。

東方的城市！狂熱的節慶；在當地人稱作「聖街」的一些街道，咖啡館裡充斥著煙花女子，她們隨著刺耳的音樂翩然起舞。身穿白袍的阿拉伯人進進出出，其中有些還是孩子——我覺得他們的年齡實在太小，可不是？卻竟然已經懂得歡愛。（有些年輕男子的嘴唇比剛孵化的小鳥還要溫熱。）

北國的城市！火車站的月台；工廠；煤煙遮蔽天空的城市。壯觀的樓宇；會移動的起重機；目空一切的拱門。林蔭道上的騎馬隊伍；行色匆匆的人群。雨後發出亮光的柏油路；大街兩旁，栗樹無精打采；女人始終等待著你。有些夜晚，如此萎靡的夜晚，只需稍一招攬，我就已經全身酥軟。

69　譯注：士麥拿（Smyrne）是土耳其第三大城伊茲密爾的舊稱。這個城市自古以來即是愛琴海東岸的重要貿易中心，曾有大量希臘人定居，也是早期基督教重鎮之一。紀德在一八九七年出版的《地糧》中呈現士麥拿的意象，可反映作者將想像揉入書寫的手法。

深夜十一點。——打烊；鐵製窗板發出刺耳聲響。郊區。夜裡，街道寂寥落寞，我走過的時候，老鼠飛快竄回陰溝。透過地下室的氣窗，可以看到打著赤膊的男人在做麵包。

——啊！咖啡館！——我們在那裡瘋狂喧鬧，直到夜色幽深；美酒與話語織就的暈醉終究驅逐了睡意。咖啡館！有些掛滿畫作和明鏡，顯得富麗堂皇，出入的客人們盡是衣著考究的仕紳名媛。在另一些小咖啡館，人們歡唱逗趣的小調，女人為了盡情跳舞，會把裙襬高高撩起。

在義大利，夏天的夜晚，有些咖啡館會在廣場上鋪展，讓人們坐在那裡品嘗美味的檸檬冰淇淋。在阿爾及利亞，有間咖啡館的顧客喜歡抽大麻，某次我在那裡險些遭人殺害；隔年，警方查封了那家店，因為在那裡進出的顧客無不形跡可疑。

●

依舊要談咖啡館……啊！摩爾人的咖啡館！——有時來了一個說書詩人，在店裡講述悠長的故事；多少個夜晚，我儘管聽不懂，還是要去聽他說書！……可是，在所有咖啡館中，我最喜歡的還是你——德爾布門的小咖啡館，我消磨黃昏時光的靜謐場地；那是一棟座落在綠洲邊緣的土屋，再遠就是無垠的沙漠。我在那裡看到，經過一整天令人難以喘息的悶熱，恬靜的夜晚緩緩降臨。在我身旁，單調的笛聲吹奏出高亢的曲調。——我也遙想起了你，設拉子的小咖啡館，哈菲茲歌頌過的咖啡館；哈菲茲，他陶醉在醇美愛情與司酒官的佳釀中，安靜無語地閒坐在露台上，讓朵朵玫瑰伸展到他的身旁；哈菲茲挨著酣眠的司酒官徹夜等待，一邊作詩，一邊等待黎明的到來。

（但願我生在那樣一個時代，萬事萬物都是詩人詠嘆的素材，只需將它們簡單點選出來。如此我的傾慕之情便逐一落在每一事物上，而這種讚美必能表明事物存在的價值；這已是它們存在的充分理由。）

●

納坦奈爾，我們還未曾一同觀察葉子。看看葉子的各種曲線……

樹木的葉叢；處處開口、綠意盎然的洞窟；微風一吹就會飄移的背幕；變幻不定；形態的流轉；缺裂破碎的綠屏；彈性交織的樹枝；圓潤的波動型態；薄層堆疊，蜂巢般的結構……

樹枝參差不齊地搖動……這是因為細枝的彈性各有不同，對抗風力衝擊的能力因而相異，而風給予每個枝條的推力也不一樣……等等。——談個別的話題吧……什麼話題？——既然不是寫文章，在此就無需挑選素材……信口道來吧！納坦奈爾，信口道來！

——藉由所有感官驟然而同時的專注，讓整個外在世界的撩撥所塑造的凝鍊感受（這種感覺實在不容易說清）化為自身的生命情操……（或者反向進行這個程序）。——我達到這種境界了；我充盈在這個洞口，任憑……

這些聲響傳入我的耳：

流水潺潺的聲音；風在松林中鼓脹而後平緩的氣息；蟋蟀時斷時續的鳴叫……等等。

這些景象映入我的眼：

溪流在太陽下波光粼粼；松濤如波浪起伏……（瞧，有一隻松鼠）……我的腳在這片青苔上轉著轉著，鑽出了個洞……等等。

這些感受滲入我的皮肉：

這種潮溼之感；青苔的這種綿軟；（哎呀！是什麼樹枝扎了我一下？……）我的額頭埋進手掌裡；我的手掌摀住額頭的感覺……等等。

這些氣味透進我的鼻孔：

……（噓！松鼠靠近了）……等等。

將這一切的一切……等等，一齊裝進一個小包裹；——這就是生命；——這樣而已嗎？

——不！總還會有其他東西。

所以你以為我不過是種種感覺的匯聚？——我的生命始終是：這一切，再加上我自己。——下次我再找機會與你談談我自己吧。今天我也不打算跟你談「各種不同精神形式的輪旋曲」。

這個也不談——「最佳友伴的輪旋曲」。還有這個也不談——「所有邂逅的敘事曲」。

不過這〈所有邂逅的敘事曲〉中有以下幾句歌詞：

在科摩，在雷科[70]，葡萄皆已成熟。我登上一座巨大山丘，山丘上散落著古堡的斷垣殘壁。那些葡萄的氣味太甜膩，聞起來真不舒服，彷彿濃嗆口感衝入鼻孔深處，等到真正食用時，已無法為我揭示任何特別的感覺——但因我飢渴至極，幾小串葡萄仍舊足以令我陶醉。

---

70 譯注：位於米蘭北方的科摩湖大致呈南北走向的狹長形，但南段往西南和東南分叉，科摩位於西南支的端點，雷科則位於東南支的端點。

……不過，在這首敘事曲中，我談論的主要是男人和女人；現在我之所以不對你講述，是因為我在這本書裡不想談特定的人物。你是否已經留意到，這本書裡一個人也沒有；就連我本身，也僅僅是個幻象而已。納坦奈爾，我是負責看守城樓的林科斯。漫漫長夜已可結束。曙光，再絢爛也不為過的曙光！我在城樓頂端對你高聲呼喊！

我始終對新的光明抱持希望，直到夜的盡頭；如今我還未盼到光明，但我仍在期待；我知道晨曦會在哪個方位顯露。

毫無疑問，全體人民都在進行準備；從城樓頂端，我已聽見市井開始喧揚。黎明即將到來！歡騰的人們業已邁步迎向旭日。

「哨兵！這一夜你有什麼發現？這一夜你有什麼發現？」

「我見到一個世代升起，我見到另一個世代沉落。我見到一個浩浩蕩蕩的世代升起，歡喜激昂，升向新的生命。」

你在城樓頂端望見了什麼？你望見了什麼？林科斯，我的兄弟？

哎呀！哎呀！讓另外那位先知哭泣吧；黑夜會到來，白日也會來到。

他們的黑夜來了，我們的白日也來了。有誰想睡，就讓他睡去吧。林科斯！現在，請從城樓上下來。天光漸明。到曠野上來吧。仔細觀察每個事物。林科斯，來啊！請你過來。白天已然降臨，我們對它信心滿盈。

第七篇

黃沙漫漫的荒漠！我將熱烈地愛你。啊！但願你最細微的塵粒在它所屬的小小空間，還要複述整個宇宙的故事！

阿敏塔斯膚色黝黑又如何？[71]

——維吉爾

一八九五年二月

渡海

從馬賽啟航。

海風強勁；天色絕美。暖意提早來到；檣桅隨波搖晃。

恢弘的海洋，彷彿裝點著羽翎。洶湧的波濤，似要阻滯航船前行。一片輝煌的整體印象。憶起過去一次次的啟航。

渡海

多少回，我等待著黎明……

……在沮喪的大海上……

而後看見曙光來臨，

然大海並未因此平靜。
額邊汗淋漓。虛軟無力。聽天由命。

夜海迷航

白浪滔滔。海水沖刷甲板。螺旋槳頓踩不停……
啊！恐慌不安，冷汗涔涔。
枕上的腦袋似已破裂……
今夜一輪滿月高掛在甲板上方，光華皎潔——而我卻未能駐足觀賞。——等待浪濤襲來。——滔天的海水驟然衝向船舷；震撼屏息；巨浪鼓起，又落下。——整個人僵直不動；我在此處究竟算什麼？——一個軟木塞……任憑風浪擺佈的可憐木塞。隨波漂蕩，將海浪遺忘；無念無欲，也是淫逸；化為世間一物。

71 譯注：本詩句援引自維吉爾《牧歌集》第十篇。阿敏塔斯是詩集中描繪的一名鄉間情郎，儘管膚色黝黑，但難掩俊美容貌。

黑夜已盡

清晨寒風凜冽，水手用吊桶汲起海水沖洗甲板；讓空氣流通。——我在艙房聽見絆腳草製成的刷具刷洗木板的聲音。劇烈的衝撞。——我硬想打開舷窗。海面的疾風猛然撲上我冒汗的前額和雙鬢。我只好關上舷窗……臥鋪！整個人摔了進去。啊！抵港前這一路顛簸多麼可怕！白色艙房的牆面上，反光和陰影不斷旋轉。狹隘，難以旋身。

雙眼已倦於觀看……

我用脈管吸飲這杯冰鎮汽水……

然後在一片新的土地上醒來，彷彿大病初癒……眼前所見皆是未曾夢想到的景物。

阿爾及爾

徹夜隨波擺盪搖晃；
清晨醒來，人已置身海灘。
高原環伺，丘巒也來休憩；

西方日暮，白晝隨之消逝；
岸濱連綿，浪濤輪番沖激；
夜色如水，恰讓我們的歡愛沉睡……
夜晚好似遼闊港灣，圍抱我們而來；
思緒、光線、憂愁的鳥兒
避開白日的光耀來此歇息；
荊棘叢中陰影靜默悄然……
草原上水光寧謐，清泉邊綠草如茵。

……而後遠航歸返。
海濱一片祥和，船隻抵港靠岸。
我們會看見漂泊的候鳥與繫泊的小舟，
在風平浪靜的水面上安眠——
看見夜幕降臨，為我們開展
它那寂靜友好的大港灣。
——現在正是萬物安息的時辰。

一八九五年三月

卜利達！撒赫爾之花！冬天的你黯淡凋殘，然待春光乍現，你又明豔無邊。那是一個細雨霏霏的早晨；天色倦懶，溫和而憂傷；樹上繁花正茂，無盡芬芳漫溢在你的幽長步道。你的寧靜水池上有一道噴泉；遠方的軍營傳來號角聲。

來到另一處花園，樹林罕無人跡，只見白色的清真寺在橄欖樹下微微閃光。多麼神聖的樹林！今晨，我拖曳著無比倦怠的思緒，以及因苦苦相思而筋疲力竭的軀體，來到這裡休息。藤蔓啊，去年冬天我見你抖瑟寂寥，怎知你會展現繁花似錦的容顏。豔麗的紫藤在樹枝間搖擺，成串的花團宛如高懸的香爐，花瓣飄落在金沙鋪成的園徑。流水潺潺；池邊水波汩汩，瀅漉漉的音聲；高大的橄欖樹，白色的繡線菊，聚集成林的丁香，叢密的荊棘，簇生的玫瑰；隻身來此，追憶冬日往事，感覺如此倦怠，唉！縱然春色美好，也不再感到驚奇；甚至渴求景物中能多幾分嚴酷，只因無盡美景盛情相邀，朝獨行者燦然微笑，唉！其中滿布紛來的欲望，如阿諛奉承的儀隊走過無人的小徑。儘管平靜的清池中水聲潺潺，專注的靜默卻只讓周遭益顯空寂。

我知道那水泉，
我將去那裡洗滌我的雙眼。
神聖的樹林；我熟悉那條路徑，
綠葉成蔭，一片清涼的林間空地；
我將在黃昏時分前去，
屆時萬籟俱寂，
溫柔撫弄的微風
誘引我們酣眠而不是歡愛。
重重夜幕籠罩冷泉，
冰凍的水中將泛起晨光，
抖索發白。純淨的清泉。
昔日我曾滿懷驚嘆，望向輝光與萬物，
感覺晨曦洋溢奇妙滋味；
如今再待晨光出現，
來到水邊清洗灼熱眼眸，
我是否還能重拾那份情懷？

給納坦奈爾的信

納坦奈爾，你無法想像這氾濫的光芒將化成何等景象，也無法想像這縈繞不去的熱氣為感官帶來多少狂喜……一根橄欖樹枝映襯著天空，天空覆蓋山巒；一家咖啡館門前吹起笛聲……阿爾及爾顯得如此炎熱，而且充滿節慶的歡騰，致使我決定離開三天；然而遁逃到了卜利達，我發現繁花已開滿橙樹枝頭……

天剛破曉，我就出門漫步；我不凝視任何形體，萬物卻都盡收眼底。未曾被傾聽的萬般感受在我身上匯聚成氣，譜成一首美妙無比的交響曲。時光流瀉，我的激動之情趨於和緩，如同高掛的太陽放慢步伐。然後我挑選某個能讓我迷戀的存在體，不過我希望它鮮活靈動，因為我的情感一旦固定不動，便要喪失它的活力。於是在每個新的瞬間，我彷彿覺得什麼也不曾見過，什麼也不曾品嘗。我迷失在狂亂的追求中，追求稍縱即逝的事物。昨日我快步登上俯臨卜利達的山巔，只為多觀賞夕陽片刻；但見落日西沉，燦爛霞光染紅屋宇的白色平台。我無意間發現樹下的陰影與寂靜；我倘佯在皎潔的月光中，不時感覺自己正在游泳，任憑明亮溫煦的空氣包覆我的軀體，軟綿綿地讓我浮起。

……我相信我所走的路確是自己的道路，而且我正恰如其分地依循它行進。我維持著滿懷信心的習慣，那是一份遼闊無垠的信心，若能加以宣誓，即可稱為世人口中的信仰。

比斯克拉

青樓女子在門口候客；她們身後都有一條陡斜的樓梯。她們頭戴綴滿錢幣的冠冕，神情嚴肅地坐在門檻上，臉上厚施脂粉，看起來活像一尊尊神像。入夜以後，這條街就會熱鬧起來。樓梯頂端點起油燈，燈光投射在狹窄的梯間，照出一個小小的光室，反襯女人的身影。只見頭上金冠燦燦發光，陰影下的臉龐模糊難辨。每個女人好像都在等我，特意為我守候；上樓之際，得為冠冕添加一塊金幣；女人順手將燈火熄滅，引領客人走進狹窄的居室；首先對飲以小杯盛裝的咖啡；然後躺進低矮的沙發，魚水交歡。

比斯克拉的花園

艾特曼，你在給我的信上寫道：「我在棕櫚樹下牧羊，棕櫚樹正在恭候您的到來。快回來吧！春天即將躍上枝頭；我們將一同漫步，心中不會再思緒紛紛……」

「艾特曼，牧羊的兒郎，你不必再去棕櫚樹下等我，不必再探看春天是否就要到來。我已來到；春天已在枝頭綻放；我們一同漫步，心中不再思緒紛紛。」

比斯克拉的花園

今日天色陰沉，金合歡花香四溢。空氣溫暖潮潤。寬大厚實的水珠漂浮在空中，還在繼續凝聚成形……水滴在樹葉上滯留，逐漸加重，然後陡然落下。

……我憶起夏天裡的一場雨——那還能稱作是雨嗎？——溫潤的水滴碩大而沉重，擊打著浸淫在粉紅和翠綠光影中的棕櫚園；沉甸甸的水珠將花朵與枝葉打落一地，宛如情人贈送的花環紛紛散落在水中。溪流將花粉沖到遠方佈撒繁殖；水色混濁發黃。池中的魚兒驚慌發楞；聽見鯉魚紛紛游到水面張口喘息的聲音。

降雨之前，正午時分呼嘯的熱風已將一股灼燒的氣息深深吹進地下；現在，園徑在枝葉下方熱氣薰蒸；金合歡枝條低垂，彷彿要遮掩石椅上歡欣作樂的情人。——這是一座尋歡覓愛的花園，男人身穿毛料衣裝，女人披著長長的條紋罩袍，等待水氣透入體內。他們仍像原先那樣坐在長椅上，但都沉默無語，靜靜傾聽大雨落下的聲音，任憑來去匆匆的仲夏驟雨打溼衣衫，洗浴呈獻給歡愛的軀體。——空氣溼重，樹葉繁茂，引人流連；我久坐在他們附近的一把長椅上，無法抗拒情愛的招引。——大雨結束，只剩枝條仍有水珠滴流，人人脫下皮履或涼鞋，赤足踩踏被水浸透的泥土；那種綿軟溫柔，也是難以言喻的奢淫。

兩個身穿白色羊毛衫的孩子引領我走進一處無人散步的庭園。園林非常狹長，一扇門扉在盡頭開啟。樹木更加高大，低垂的天幕斜掛樹梢。——牆垣。——雨水籠罩一座座村莊。——遠處山巒連綿；雨水匯成湍流；樹木獲得食糧；授粉行動慎重而縱情地進行；各種芬芳飄忽遊動。

綠蔭底下的溪流；樹葉和花朵漂流的水渠——水流緩慢，當地人將它稱為「塞基亞」[72]。

加夫薩[73]的游泳池充滿危險魅力——陰影對歌手不利[74]。現在，霧氣幾乎無影無蹤，夜空沒有一片雲朵，顯得格外深邃。

（穿阿拉伯式白色羊毛衫的那孩子容貌特別俊美，他的名字是「阿祖斯」，意思是「心愛的人」。另外那孩子名叫「瓦爾迪」，意思是說他出生在玫瑰花開的時節。）

72　譯注：塞基亞（seghia）是北非的露天灌溉水渠，常見於綠洲地帶。

73　譯注：加夫薩（Gafsa）是突尼西亞中西部的一個內陸城市，加夫薩省省會。

74　譯注：此句在原書中以拉丁文寫成：Nocet cantantibus umbra。取材自古羅馬詩人維吉爾的詩文：「我們起身吧：陰影通常對歌手不利，／刺柏的陰影亦有害；陰影還會損害水果。」，《牧歌》第十首。

清水如空氣般溫暖，
任我們將口唇盈滿。

一泓幽暗的水澤，在朦朧夜色中難以辨認——直到明月在水面灑下銀光。那水彷彿從樹葉間流溢而出，吸引晝伏夜出的獸類在四周走動。

比斯克拉的早晨

天剛破曉就出門——蹦出門扉——投身已全面更新的空氣。
一株夾竹桃在抖索的清晨中搖曳。

比斯克拉的傍晚

這棵樹上有鳥兒在歌唱。啊！牠們的歌聲如此嘹亮，我本以為鳥兒無法如此鳴唱。彷彿是樹木自己在呼叫——所有樹葉一同吶喊——因為我們看不見隱身其中的鳥兒。我不禁心想：這種激情太過強烈，牠們恐將因此而消亡；今晚牠們究竟怎麼回事？難道牠們完全不知道，只要等待黑夜過去，新的黎明就會再來？難道牠們害怕長眠不醒？還是要在一夜之間為情愛耗盡自己？彷彿一旦睡去，就將墜入永無止境的長夜。暮春之夜多麼短促！——啊！真高興夏日晨光會將牠們徹底喚醒，讓牠們對前夜的睡眠僅存朦朧記憶；等到夜幕再度降臨，牠們對死亡的恐懼就會減低幾分。

比斯克拉的黑夜

灌木叢寂靜無聲；蟋蟀高唱的情歌卻在周遭的沙漠中震顫。

切特瑪[75]

白晝漸長。——靜靜躺在這裡。無花果樹的葉子又長大了；握在手中揉搓，散發一股清香；葉柄流出淚般的乳漿。

75 譯注：切特瑪（Chetma）是阿爾及利亞比斯克拉省的一個小鎮。

熱氣回升。——哇！我的羊群來了；我聽見那個我喜愛的牧人在吹笛。是由他過來？還是我迎向前去？

韶光緩移——一顆去年的石榴早已乾枯，卻仍掛在枝頭；它已完全乾癟爆裂，而在同一條樹枝上，新的花苞已經膨起。斑鳩從棕櫚樹間飛掠而過。蜜蜂在牧原上忙碌穿梭。

（我記得恩費達[76]附近有一口井，常見美麗的婦人前去汲水；不遠處，聳立著一塊黑色和玫瑰色相間的巨大岩石；有人告訴我，那岩石頂端已被蜂群盤據；果真沒錯，一群群蜜蜂在那裡嗡嗡作響，蜂巢就築在岩上的凹處。夏天到來，不耐暑熱的蜂巢破裂融化；蜜汁順著岩石流淌而下，恩費達的居民紛紛前來採蜜。）——牧人啊，快過來！——（我正嚼著一片無花果樹葉。）

夏日！金色的溶流；繁茂豐足；強烈的光芒燦爛輝煌；愛情恣意流溢！誰願品嘗蜂蜜？蜂房的蠟已然融化。

那天我見到的最美景象，是牧人趕回圈欄的一群羊。小小的蹄足急促踩踏地面，沙沙響聲宛如驟雨；大漠上斜陽低垂，羊群掀起漫天塵沙。

綠洲！漂浮在沙漠上，彷彿島嶼。遠方的棕櫚綠意盎然，代表那裡有水源，讓樹根暢飲水分；有時水量豐足，夾竹桃也願俯身其間。——那天，約莫上午十點，我們到達那裡時，起初我不願續往前行；那裡的庭園開滿嫵媚花朵，教人依戀難離。——啊，綠洲！（阿赫梅德對我說：下一片綠洲更加美麗。）

綠洲。下一片綠洲更加美麗，遍地更多珍奇花朵，更多潺潺水流。樹木更加高大，垂在更豐沛的水澤上。日正當中，我們下水洗浴。——然後我們又得離去。

綠洲。再下一片綠洲，叫我怎麼說？它又多了幾分明媚，我們在那裡等待夜暮降臨。

庭園！我還要再說一次，薄暮時分，你是多麼恬靜怡人！庭園！有些庭園綠意盎然，彷彿可供洗浴；有些卻如單調的果園，只見杏桃在那裡慢慢熟成；還有些庭園百花齊放、蜜蜂飛舞，空氣中花香撲鼻，濃烈得宛如可以入口的食物，像醇釀般令人暈醉。

翌日，我卻變得只愛沙漠。

76　譯注：恩費達（Enfida或Enfidha）是突尼西亞東北部的一個城鎮，曾為突尼斯君主的領地。十九世紀後期法國殖民勢力侵入突尼西亞，當時恩費達領地所有人——突尼斯大維齊爾（即總理大臣）將其出賣給一家法國公司，突尼斯當局介入杯葛，此舉導致法國將突尼西亞列為法屬保護國。

烏瑪什[77]

有這樣一處座落於岩石和黃沙之間的綠洲，我們在中午時分抵達；烈日炙燒的村莊疲憊不堪，似乎無力等候我們。棕櫚樹直立不動，沒有綠蔭斜垂。幾名老翁坐在門口閒聊；孩童在學校喧鬧；男人昏昏欲睡；女人則一個也見不著。

這個村落由土屋組成，街巷白日泛出粉紅色澤，日暮轉為紫紅。奇妙的街巷！中午你杳無人煙，向晚卻變得熱鬧非凡；咖啡館座無虛席，孩童放學回家，老翁依然在門口談天；天色逐漸黯淡，女人摘掉面紗，登上露台，她們各個如花似玉，訴說的卻盡是心頭的憂煩。

在阿爾及爾那條街上，中午時分瀰漫著茴香酒和苦艾酒的氣味。在比斯克拉的摩爾人咖啡館，顧客只喝咖啡、汽水和茶水。阿拉伯茶；甘甜中略帶胡椒和生薑的氣味；這種飲品彷彿呼喚出一個更加過度、更為極端的東方，卻又十分乏味；實在無法喝完一整杯。

圖古爾特的廣場上有一些賣香料的商販。我們買了各種各樣的樹脂。有些是要拿來嗅聞；有些可以放入口中咀嚼；還有些適合用來焚香。焚香用的樹脂經常做成圓錠狀，點燃後冒出大量嗆鼻的濃煙，同時散發一股細緻高雅的香氣；這種煙氣能助人引發宗教的玄想，清真寺舉行宗教儀式時，焚燒的就是這類樹脂。口嚼的樹脂令人立時滿嘴苦澀，並且還會黏上牙齒，感覺不甚舒服；吐掉以後，口中餘味遲遲不會消失。至於嗅聞用的樹脂，就只是供人嗅聞其味。

在特瑪辛[78]，到伊斯蘭隱士家用膳時，最後送上餐桌的是帶有香氣的糕餅。這種香餅以金箔裝飾，顏色有灰色也有玫瑰色，看起來像是用麵包屑揉製而成。入口酥鬆，如岩砂般粉碎；但我嘗起來覺得不乏風味。有些散發玫瑰香，有些帶有石榴香；還有些已完全走味。——在這裡吃飯時，不必指望能喝醉，只有拚命吸菸，才能稍微感到陶醉。菜餚分量多得倒人胃口，而每上一道新菜，話題也會隨之改變。——餐後，一名黑僕拎來水壺，將浸泡香料的清水澆淋在你的手指上，水則落入置於底下的水盆。在那些地方，女人與你歡愛之後，也是這樣為你清洗。

圖古爾特[79]

在廣場上宿營的阿拉伯人；熊熊的篝火；夜色中幾乎無法看見裊裊青煙。

——大漠中的商隊！——有些商隊夜間來宿泊，晨曉又離去；旅途勞頓的商隊，曾為海市蜃樓迷醉，而今幻夢已碎！商隊啊，商隊！何以我不能與你相隨！

77　譯注：烏瑪什（Oumache）是阿爾及利亞北部內陸比斯克拉省的一個小鎮。

78　譯注：特瑪辛（Temacine）是撒哈拉沙漠西北部的一處綠洲，位於阿爾及利亞中西部。

79　譯注：圖古爾特（Touggourt）是阿爾及利亞瓦爾格拉省的一個城市。瓦爾格拉省位於比斯克拉省以南屬於撒哈拉沙漠更乾旱的地帶。

有些商隊去向東方，尋找檀香、珍珠、巴格達蜜糕、象牙和刺繡。

有些商隊去向南方，尋找琥珀、檀香、金粉和鴕鳥羽翎。

有些商隊去向西方，他們黃昏出發，漸漸隱沒在金燦的夕照中。

我見過疲憊不堪的商隊歸來。駱駝跪坐在廣場上；商人終於卸下重負；都是些粗布縫製的大包袱，看不出裡頭裝的是什麼奇貨。另有幾匹駱駝載著婦女，她們都隱身在一種轎子裡。還有些駱駝馱負的是帳篷雜物，供隊伍架設帳棚宿營。啊！無邊無際的大漠黃沙，無窮無盡的恢弘勞頓！——廣場上燃起篝火，用來準備晚膳。

啊！多少次黎明即起，面向霞光萬道，比天國榮光還要明燦的東方；多少次走到綠洲邊緣，眼看最後幾株棕櫚乾癟枯萎，生命再也戰勝不了無垠荒漠；又有多少次，我彷彿傾身俯向目光無法承受的強烈光源，將種種欲望交付予你——陽光氾濫的平野，酷熱難當的平野！……要有何等激昂的狂喜、何等狂野的戀情、何等炙熱的愛意，才能戰勝這如火如荼的沙漠？

不毛的大地；冷酷無情的大地；狂熱赤誠的大地；先知鍾愛的大地——啊！苦難的沙漠，榮耀的沙漠，我熱烈地愛過你。

在時時出現海市蜃樓的北非鹽湖上，我曾望見白茫茫的鹽層染上水般的景象。——碧空映照在湖面，湛藍鹽澤宛如大海，這些我能明白；但是，為何從中冒出一簇簇燈心草，還有逐漸崩塌的頁岩峭壁矗立在遠方？為何看見舟船漂盪？為何天邊出現宮殿的幻象？所有景物呈現扭曲變形的模樣，懸浮在一片虛幻的汪洋上。（鹽湖岸邊瀰漫的氣味令人作嘔；那是一種可怕的泥灰岩，摻雜著鹽分，在烈日下熱氣蒸騰。）

旭日斜照，我曾見阿瑪爾卡杜山[80]染上玫瑰色澤，彷彿某種物質在燃燒。

我曾見狂風呼嘯，在天際揚起飛沙走石，令綠洲難以呼吸，彷彿成為暴風雨中驚惶失措的航船；綠洲在巨風中動盪飄搖。瘦骨嶙峋的男人赤身露體，蜷縮在小村莊的街道，承受熱病焦烤的煎熬。

我曾踏上荒涼的路途，眼見駱駝的遺骸化作白骨——那些駱駝因疲勞過度，再也無法趕路，於是慘遭商旅遺棄；隨即屍體腐爛，爬滿蒼蠅，散發駭人的惡臭。

我也曾見幾乎悄無歌聲的黃昏，只有刺耳的蟲鳴仍在迴盪。

●

80　譯注：阿瑪爾卡杜山（Djebel Ahmar Khaddou）有兩座，都位於阿爾及利亞東北部。

——我還想再談沙漠：

長滿細莖針茅的荒漠，遍地遊蛇；綠色的原野隨風起伏。

鋪滿亂石的沙漠；一片荒瘠；頁岩閃閃發亮；虎甲蟲成群飛翔；燈心草乾燥枯黃；一切都在烈日下爆裂。

黏土質地的沙漠；這裡只要有清水涓滴流過，萬物就會生機蓬勃。甘霖一降，原野鬱鬱蔥蔥；過於乾旱的大地似乎難以擠出一絲笑容，但青草反而顯得比其他地方更鮮嫩芳香。因為深怕還沒結實就被烈日曬枯，青草趕忙開花傳香；它的愛情倉促而短暫。豔陽再次露臉；大地龜裂、風化，水氣往四處散逸；大地佈滿裂隙；大雨傾盆之際，所有降水沿著溝壑急流而去，大地遭到無情擺佈，無法將水挽留；焦渴的大地依然絕望無力。

黃沙漫漫的大漠。——流沙不斷移動，宛若海上的波濤；沙丘的方位時時變動。金字塔形的沙崗遠遠指引著商隊；登上一座沙崗頂端，便可望見另一座沙崗在天際突現。

每當狂風颳起，商隊便停止行進；趕駝人躲到駱駝身邊避風。

黃沙漫漫的大漠——生命絕滅；唯有乾風和酷熱在那裡搏動。陰影中，沙土如天鵝絨般輕柔；在夕照中如火焰燃燒，到了清晨又似化為灰燼。沙丘之間形成純白的谷壑；騎馬穿過，身後的足跡立即被沙塵掩蓋。由於疲憊不堪，每次來到一處新的沙丘前方，總覺無法翻越。

黃沙漫漫的荒漠！我將熱烈地愛你。啊！但願你最細微的塵粒在它所屬的小小空間，還要複述整個宇宙的故事！——微塵！你仍記得的是怎樣的生命？那生命又是從怎樣的愛情析離出來？

——微塵也希望得到人們的頌讚。

●

我的靈魂啊，你在黃沙上見到了什麼？

——一堆堆白骨；空洞洞的貝殼……

某天早晨，我們來到一處高聳的沙丘下歇息。我們席地而坐；那裡還算陰涼，燈心草悄然生長。

至於黑夜，大漠中茫茫的黑夜，我能說些什麼？

那像一場緩慢的航行。

海浪不及沙漠湛藍。

沙漠比天空更加明亮。

——我知道在某種夜晚，繁星格外璀璨，一顆顆星辰顯得異常詭麗。

●

撒烏耳[81]，你曾在沙漠中尋覓母驢——你沒找到你要的母驢，卻得到你無意追尋的王位。
培養一身寄生蟲，也算樂事一樁。
生命之於我們，曾經無盡狂野，洋溢驟現的滋味。
真高興幸福就在此處勃發，像遍開於死亡身上的繁花。

81 譯注：根據《塔納赫》（希伯來《聖經》）的記載，撒烏耳是以色列聯合王國的開國君王，約出生於公元前一〇八〇年。先知撒慕爾因為以色列人要求有自己的君主，在向上帝請示之後，依據上帝旨意將撒烏耳膏立為王。「撒烏耳」是天主教的譯名，基督新教譯為「掃羅」。

第八篇

欲望啊！多少個夜晚我無以成眠，全神貫注於某個夢想，任它取代睡眠！

我們的行為依附著我們，就像磷光依附著磷。固然這些行為在耗損我們，但它們也化成我們的光采。

●

我的精神！你在一次次精采萬分的漫遊中，曾經狂情萬丈。

我的心靈！我已讓你縱情痛飲。

我的肉體！我已令你為愛而酣醉。

如今我定下心神，試圖點數我的財富，卻只是徒然。我沒有一點財富。

有時我會追憶往昔，試著搜尋幾抹記憶，藉此為自己譜寫一段故事，但我無法從中認出自己，而且沒有任何故事容得下我無盡奔流的人生。我覺得自己彷彿時時刻刻活在一種不斷更新的瞬間。他人所謂「默思」——獨自一人靜默冥思——對我而言是種不可想像的束縛；我再也無法理解「孤獨」一詞的意義；在內心獨自存有，形同不再身為任何一人；而萬物早已與我同在。——再者，我始終心繫四海，無處不是家，而且欲望還要不斷將我驅向別的境地。最美好的回憶，於我不過像是幸福的殘痕。最微小的水滴——那怕只是一粒淚珠——只要它濡溼了我的手，在我眼中它就成了彌足珍貴的真實。

●

梅納爾克，我思念著你！

說吧！你那艘被浪花泡沫玷污的航船，還將開向何方的海洋？

梅納爾克，如今你滿載闊綽奢華，因能重啟我的渴欲而欣喜，難道你還不願歸來？倘若我現在停下來歇息，那也不會是在你的豐饒富足當中……不，你曾教導我永不歇息。——漂泊不定的生活，難道還未令你厭倦？至於我，有時我會痛苦哀號，但我不會對任何事物感到疲憊；每當我的身體感覺倦怠，我只怪自己懦弱；我的欲望原本期待我更勇猛頑強。——誠然，哺育我們的愛神！要說我今日有何遺憾，那便是過去每每任憑美果腐爛，連一口都未曾品嘗，就讓你擺在我眼前的美味食糧遠離了我。——因為，有人曾為我朗讀《福音書》的片段：今日節制一分，明日將獲百倍……啊！倘若我擁有的財富超過我的欲望所能攫取，那對我有何用處？——因為我已體驗過強烈至極的淫逸之樂，要是再多一些，恐怕再也無法領受。

遠方有人說我苦修贖罪——
然而懺悔於我何有可為？
——薩迪[82]

當然！我的青春一片晦暗；
而今追悔為時已晚。
我從未親嘗大地的粗鹽，
也不曾品味遠洋的清鹹。
卻自以為就是大地的鹽，
總是畏懼失去自己的鹹。

大海的鹽絕不會喪失它的鹹；只是我的口唇已經衰老，無法嘗出那鹹鹹的滋味。啊！昔日我的靈魂渴望鹹味時，我怎可能不盡情呼吸大海的空氣？如今還有哪種酒能讓我陶醉？

納坦奈爾啊！在你的靈魂尚能向快樂微笑時，請好好滿足你的快樂；當你的雙唇還能感受親吻的歡暢，當你的擁抱還欣然激蕩，請你恣意滿足你對愛情的想望。

因為以後你會想到，你也會說：「美果就在眼前；沉甸甸的果實早已讓樹枝累壞，將它壓彎下來；我的嘴就湊在那裡，它充滿渴望；但我的雙唇竟一直緊閉；我的雙手合十祈禱，也未能往前伸去；——於是我的靈、我的肉，始終焦渴難耐，何等無奈！——時光也已匆匆流逝，令人無比絕望。」

（難道這是真的？書拉密美人，難道這是真的？

妳曾經等待著我，我卻從不知情！

妳曾經找尋過我，我卻未聽見妳的足音。）

啊，青春！——你只在一段時間讓人擁有，然後永遠成為追憶。

（歡樂來敲我的房門；欲念在我的心中給它回應；然我始終跪地禱告，沒能前去開門。）

誠然，流水還能灌溉許多田地，也能讓眾人的口唇解除乾渴。但是，我又能明白關於流水的什麼？——對我而言，它除了短暫的清涼，還能代表什麼？清涼一過，轉眼又焦灼難當。——我的快樂的種種表象啊，你們也將如清水般流逝。祈願流水在此處時時更新，讓清涼恆久停駐。

江川的清涼永不耗竭，溪流的奔湧無止無境。你們不是當初盛來給我洗手的些許清水，不會洗完就被倒掉，只因它不再清涼。汲來的水啊，你好比人類的智慧。人類的智慧，你無法像江川

---

82 譯注：薩迪（Saadi, 1210-1291）是波斯詩人阿卜—穆罕默德・穆斯利・艾爾丁・賓・阿布達拉・設拉茲（Abu-Muhammad Muslih al-Din bin Abdallah Shirazi）的筆名。是中世紀波斯重要詩人之一。

的清涼那樣永不耗竭。

無眠

等待。等待；焦灼；已然消逝的青春年華……熾烈地渴望一切你們稱為「罪惡」的事物。

●

一條狗追著明月淒然呼嚎。

一隻貓宛如嬰孩那般哭叫。

城市終於就要品嘗些許寧靜，以待次日所有希望煥然一新。

我猶記得那些逝去的時光；赤腳踏在石板上；把額頭倚在陽台潮溼的鐵欄杆；月光下，我的皮膚閃耀光澤，猶如待人採摘的奇妙水果。等待！你曾令我們枯萎憔悴……熟爛的水果！只有在我們焦渴難耐，無法再承受唇上的燒灼時，我們才甘願咬你一口。腐壞的水果！你在我們口中留下難忍的異味，還讓我的靈魂深感不安。——無花果啊！有人把握年輕歲月，毫不躊躇地咬食你那酸溜溜的果肉，吸吮飄散愛情芬芳的乳汁；他們多麼幸運！……解渴之後，神清氣爽地重新上路——一條漫漫長路，導引我們走完所有艱難時日。

（當然，我已使盡全力挽救靈魂，避免它蒙受殘酷的損耗；不過唯有藉由感官的消耗，我才能轉移靈魂對上帝的專注；我的靈魂曾日以繼夜惦念上帝，千方百計地進行各種困難的祈禱；虔誠過於狂熱，靈魂終至消耗殆盡。）

今晨我是從哪座墳墓潛逃出來？——（海鳥舒展雙翼，盡情戲水。）啊，納坦奈爾！對我而言，生命的意象無非就是：滋味豐足的鮮美果實，被送到盈滿欲求的唇邊。

●

有些日子，徹夜無法成眠。

躺在床上久久等待——經常連等待什麼也不明白；尋覓睡意只是枉然，肢體倦怠疲軟，彷彿歡愛之後全身癱瘓。有時我在肉體的慾樂之外，還要尋求另一種更加隱密的淫逸。

●

……我不斷取飲，乾渴之感卻時刻增加。最後口渴變得如此劇烈，我幾乎因渴欲而流淚。

……我的感官被消磨得清澈澄明，清晨進城時，蔚藍的天色總會透入我的體內。

……我的牙齒因啃破嘴唇而惱怒不已——齒尖似乎也已嚴重磨損。太陽穴往內坍塌，彷彿口腔裡有股吸力。——洋蔥田正值開花，那股氣味險些令我嘔吐。

無眠

……夜裡傳來叫喊和哭泣的聲音。「啊！」她哭著說道：「原來這就是那些惡臭花朵結出的果實——它的滋味多麼香甜！從今以後，我將帶著欲望中那股莫可名狀的煩悶上路遊蕩。你那遮風蔽雨的房屋令我窒息，你的床鋪也難再令我滿足。」——從今以後，別再為你那無止無境的漂泊尋找目的。

——我們的乾渴變得如此強烈，以致我將這水喝下一整杯後，才赫然發覺它的味道——唉呀！——令人作嘔。

……哦！書拉密美人，在我眼中，妳如同圍牆圍起的小小庭園中那些吊掛在陰影底下的熟果。

●

啊！我思忖：全人類都在安睡的渴望和欲樂的渴望之間反覆遊走，結果疲乏不堪。——經過極度的緊張和熾烈的專注，肉體頹然癱軟，只想好好入眠——啊！睡眠！——啊！只盼不會有新的欲念忽然湧來，硬要我們清醒，重返人生的追求。——

全人類都像病人般躁動不安，躺在病榻上輾轉反側，以求減輕痛苦。

●

……經過好幾星期的勞動以後，接下來是恆久不停的休息。

……人死了，豈能妄想還保有任何衣裝！（簡化的說法。）我們將像脫衣睡覺那樣死去。

●

梅納爾克！梅納爾克，我思念著你。

是的，我知道我這樣說過：有什麼關係？——這裡；那裡——我們同樣會很好。

……現在，在那邊，夜幕已經垂臨……

……噢！倘若時間能夠倒流！往昔可以重來！納坦奈爾，我真想帶你與我一同回到我那洋溢愛意的青春年華，領略生命在體內如蜂蜜般流淌的感受。——嘗過如此多的幸福，靈魂是否終能得到慰藉？須知我曾在那裡——是我，而非任何其他人——曾在那些花園裡，傾聽蘆葦的吟唱；呼吸著那些花朵的香氣；凝視著那孩子，撫摸著他——無疑，這種種情趣年年復現，伴隨每回新春的到來。——啊！昔日的我，另外那個我，我要如何才能重新成為那個人！（現在，雨水正打在城中的屋頂；我的居室形孤影單。）此時，在彼方，羅西夫正放牧歸來；羊群從山上返回；沙漠在夕照中鋪上金光；夜晚安詳靜謐……現在。

六月的夜晚，巴黎

艾特曼，我思念起你；比斯克拉，我思念起你的棕櫚樹。——圖古爾特，我思念你的黃沙……綠洲啊！沙漠的熱風是否還在你那裡吹襲，颳得你的棕櫚唰唰作響？被高溫烤裂的石榴，你們是否讓酸澀的籽粒墜落？

切特瑪！我記得你那裡的清涼水流，還有你那人一靠近就渾身冒汗的溫泉。——坎塔拉[83]！金色的古橋，我憶起你那聲響迴盪的早晨和狂情四溢的黃昏。——札格萬，我又看見你那滿城的無花果樹和夾竹桃。——凱魯萬[84]，我又看見你的仙人掌；蘇塞[85]，我看見你的橄欖樹。——烏瑪赫，傾頹的城市，我夢見你的荒寂，那些散落在沼澤間的殘垣……森沉的德羅赫[86]，我也夢見了你的蕭索；蒼鷹盤旋的處所，慘澹的村落，貧瘠的溝壑。

高原上的且格嘉[87]，你是否一直凝望著沙漠？——姆萊耶[88]的沙漠，你是否仍把纖弱的檉柳浸入鹽湖？——邁加林[89]，你是否還任憑鹽水澆灌？——特瑪辛，你是否依舊在豔陽下乾癟凋萎？

我猶記得，恩費達一帶有一塊荒瘠的岩石，每逢春天，石上就會有蜂蜜流淌；記得那附近有一口井，美麗的婦人經常半裸著玉體，前往那裡汲水。

艾特曼的小房子，現在你是否仍舊矗立，在那皎潔的月光下？是否依然那般破舊？——你的母親是否在那裡織布，你那嫁給安胡爾的姊姊是否在唱歌或說故事？夜裡，在灰暗昏沉的水邊，

---

83 譯注：坎塔拉是阿爾及利亞比斯克拉省的一個小鎮，過去曾是該國東部最重要的商隊驛站之一。

84 譯注：凱魯萬是突尼西亞凱魯萬省省會。曾是阿格拉布王朝和法蒂瑪王朝的首都。歷史古蹟林立，於一九八八年獲列入世界文化遺產。

85 譯注：蘇位於突尼西亞東部哈瑪馬特灣畔，是蘇塞省省會，也是著名的海濱度假勝地。

86 譯注：德羅赫（Droh）是阿爾及利亞比斯克拉省切特瑪縣的一處山麓綠洲，以天然清泉和椰棗棕櫚林聞名。

87 譯注：且格嘉（Chegga）是茅利塔尼亞東北部靠近阿爾及利亞和馬利邊界的一個小聚落，位於平坦的高地上，建有碉堡，自古即具驛站功能。

88 譯注：姆萊耶（M'rayer）是比斯克拉附近的一處綠洲。

89 譯注：邁加林（Mégarine）是阿爾及利亞東部內陸瓦爾格拉省的一個小鎮，位於圖古爾特以北不遠。

那窩斑鳩是否仍在低聲歡鳴？

欲望啊！多少個夜晚我無以成眠，全神貫注於某個夢想，任它取代睡眠！啊！哪裡暮靄氤氳，棕櫚樹下笛聲悠揚，哪條幽徑深處白衫款擺，強光襯托溫柔身影……我就往那裡去！……

小小的土陶油燈！晚風使你的火苗擺盪不定；——大開的窗戶彷彿消失無蹤，只見窗外一方天空；屋頂上寧靜的夜；一輪明月。

在沉寂的街巷盡頭，時而能聽見一輛公共馬車、一輛出租馬車噠噠駛過。更遠處，可以聽見火車鳴著汽笛疾駛出城，逃奔而去。聽見大城等待著甦醒。

陽台的陰影投射在房間地板，燈光在潔白的書頁上搖曳。呼吸。

現在，月亮已被雲朵遮掩；眼前的花園宛如一座碧綠的幽池……啜泣；雙唇緊閉；過強的信念；焦慮的思緒。怎麼說才好呢？真正實在的事物。其他人——他們的生命所具有的重要性。與他們談談吧……

頌歌——代結語

致　安德烈．紀德先生

她將目光移向初現的星辰，然後說道：「那些星星的名字，我都知道；每顆星星都有好幾個名字，也各自具有不同的性質。它們的運轉看似平緩，其實極為快速，因而燃燒發光。躁動不安的熱烈活力是它們運行激烈的原因，閃亮的光芒則是其結果。某種幽微的意志不斷推動它們，指引它們行進；一股精妙的熱火不斷燃燒，消耗著它們；正因如此，它們才璀璨而絢麗。

「它們彼此緊密相連，所有關聯各自具有其性能和力量，此星繫於彼星，彼星依附眾星。每顆星星皆有既定的軌道，都會找到它所屬的道路。倘若改弦易轍，必然擾亂其他星辰的運行，只因天上繁星無不相互依存。每顆星星都會按照規則，選擇它應該依循的軌道；而凡是它應該的，就必須是它想要的。每條軌道在我們看來似乎都是命定的結果，但卻是走在上面那顆星星最喜歡的一條；無不是心之所向，意志所趨。一份眩目的愛情指引著它們；它們的選擇確立了法則，而我們都受這些法則的牽制；我們無法從中逃脫。」

尾聲

納坦奈爾，現在請你拋掉我這本書。從書中解放出來。離開我。離開我吧！當初我對你織就的愛意太過度，如今令我不堪其擾。佯裝教導別人也已令我厭倦。我何時說過要你變得跟我一樣？——我愛你，是因你不同於我；我在你身上愛的僅僅是與我不同的部分。教導別人！——除了我自己，我還能教導誰？納坦奈爾，我是否該對你說明？我從不曾停止教導自己，如今仍在繼續。我向來只根據自己能做的事來評斷自己。

納坦奈爾，拋掉我的書吧！絕不要以它為滿足。不要以為別人能替你找到屬於你的真實；不僅如此，假使你有這種想法，還該感到恥辱。倘若我為你找到食糧，你反而不會飢餓，不會有食用它的渴望；倘若我為你將床鋪好，你反而不會睏倦，不會有躺下去安眠的欲念。

拋掉這本書吧！告訴自己，面對人生可以有千百種姿態，而這只是其中一種。你要找尋你自己的態度。別人可能做得跟你一樣好的，你就別做。別人可能說得跟你一樣好的，你就別說。

——寫得跟你一樣好的，你就別寫。唯有你覺得自身獨有、別處皆無的，才值得你依戀；啊！無論你是急切萬分還是耐心十足，切記要把自己塑造成世間最無可取代的那個人。

新糧

Les nouvelles nourritures

第一篇

萬物皆熱愛存在，而一切生存之物都喜氣洋洋。當快樂變得可口多汁，它就成了你所稱的水果；當快樂化為歌聲，它就成了鳥兒。

1

待我再也聽不見大地的聲響，待我的雙唇不再吸吮凡間的甘露，那時才會到來的你；許久以後可能將讀到這本書的你——這些文字，正是為你而書寫；只因你對於生存在世也許還不夠驚奇；你還未以應有的方式讚嘆「你的生命」這一驚人奇蹟。有時我隱約覺得，你會帶著我的乾渴去暢飲，而當你愛撫另外那人時，令你俯身向他的是我自己的欲望。

（欲望一旦染上戀人的情意，就會顯得一片迷濛；我多麼讚賞這樣的欲望！彼時，我的愛意瀰漫周遭，籠罩一切，包覆著他的整個身軀；於是，朱比特[90]喲！我渾然不覺，竟彷彿要化成一朵雲彩。）

●

清風流浪漂泊，
輕撫繁盛花朵。
我全心全意傾聽
創世初晨的真經。

晨光在醉意中流淌，
繽紛花瓣、青春朝陽
無不沾染玉露瓊漿……

切莫再遲疑虛耗，
要聽從最溫柔的勸告，
讓時光緩緩占據
你的全副身軀。

陽光的和煦撫觸
此刻變得何等飄忽，
再膽怯害羞的心靈
也想縱身擁抱愛情。

90 譯注：朱比特是古羅馬神話中的眾神之王，相當於古希臘神話的宙斯。

●

人是為幸福而降臨凡間，
自然萬物無不如此闡明。

一種散溢的歡喜浸浴著大地，而那又是大地回應陽光的呼喚而吐露出來的喜悅——正如大地造就出的這種激動氛圍，物質逐漸顯露生機，縱然仍受抑制，但已擺脫最初的桎梏……只見種種絢麗迷人的現象從錯綜複雜的法則中欣然生出：季節遞嬗；潮汐漲落；水氣蒸發，又化成甘霖；日復一日的平靜轉換；季風定期復返；生氣蓬勃的萬物，均由一種和諧的節奏維持著平衡。一切都在準備釀造喜樂，不久後生命就要盡情展現，在綠葉間恣意悸動，並且很快就會有了名稱，進而分門別類，成為鮮花的芬芳、水果的香甜、鳥兒的意識和歌聲。於是，生命從復甦、被賦予型態到最後消失，彷彿是在臨摹水的循環：陽光下水氣蒸發，然後重新凝聚成雨，復臨人間。

每個動物都是裝滿喜樂的包裹。

萬物皆熱愛存在，而一切生存之物都喜氣洋洋。當快樂變得可口多汁，它就成了你所稱的水果；當快樂化為歌聲，它就成了鳥兒。

人是為幸福而降臨凡間，自然萬物無不如此闡明。正因努力追尋歡淫快意，植物才會萌芽滋長，蜂巢才會釀滿蜜汁，人心也才會充滿良善。

●

野鴿在枝條間歡騰——枝椏在風中搖曳——風把白色小舟吹斜——海面波光粼粼，透過枝葉依稀可見——波濤捲起雪白的浪花——還有這一切所蘊含的笑意、湛藍與明亮——我的姊妹啊！是我的心在訴說——向妳的心訴說它的幸福。

●

我不太清楚是誰讓我降生到凡間。有人對我說是上帝；而若不是上帝，那又會是誰？

我的確覺得，人生在世喜樂無窮，有時甚至不禁猜想，是否我在尚未存在時，就已渴望生存。

不過，這種神學的討論，我們還是把它留到冬天吧！因為一談起這些話題，必然會滿心氣惱。

一掃而空。我已徹底清除。一切就此終結！我裸身佇立在處女地，面對準備重新繁衍的天地。

嘿！我已認出祢，福波斯[91]！祢將一頭濃髮鋪散在結霜的草坪上方。帶著祢的弓箭來解救吧。祢的金箭射穿我緊閉的眼簾，擊中眼中的陰影；金箭勝利了，擊敗了裡頭的妖魔。請為我的肉體帶來色彩和熱情，為我的嘴唇帶來乾渴，為我的心帶來眩惑。祢從九霄往大地投下無數純絲的天梯，我要抓住其中最迷人的一條。我的身體離開了地面；我握著一道光芒的末端搖盪。

啊！我喜愛的孩子！我要帶你一起逃走。眼明手快，抓住這道陽光；這就是太陽！卸去你的重擔。過去的包袱再怎麼輕盈，也不要讓它拖累了你。

●

別再等待！別再等待！壅塞的道路啊！我要從旁邊繞過。輪到我了。那道光芒已向我示意；我的欲望就是我最可靠的嚮導，今天早晨，我對一切充滿了愛。

萬道光線交匯，在我的心頭編結成束。我用千百種幽微感知，織造一件神奇霓裳。透過衣衫，天神與我相視而笑。誰說偉大的潘神已死[92]？我透過呼出的水氣瞧見了祂。我伸唇迎向祂。今天早晨，我不是聽見祂喃喃說道：「你還在等什麼？」

我用思想和雙手拉開重重帷幕，直到眼前再無屏障，但見金光燦爛、萬物裸裎。

●

春天你是如此懶洋洋，
我求你展現寬仁雅量。

春天你渾身無精打采，
我把心投入你的胸懷。

91 譯注：福波斯（Phoibos）是希臘神話中太陽神（光明之神）阿波羅的代稱。這個詞在希臘文中意為「光明」，古希臘羅馬人常以這個形容詞修飾阿波羅：「光明阿波羅」。

92 譯注：潘（Pan）是希臘神話中的大自然之神、牧神，具有人類的軀幹、頭部以及山羊的腿、角和耳朵。潘神掌管山林、田野、羊群、牧人和鄉野音樂，並且是寧芙（仙女）的伴侶。

我那躊躇不定的思想，
乘搭著微風恣意飄揚。

溫柔的光影四處漫溢，
將我浸入醉人的糖蜜。
唯有透過夢田的霧簾，
才能聽見，啊！才能看見。

我隔著我的纖薄眼瞼，
迎接你那耀眼的光線。

太陽啊，你正輕撫著我；
請原諒我的慵懶怠惰……
寬容的太陽，快來暢飲
我這顆毫無防備的心。

●

新生的亞當，今天由我來洗禮。這條河流，是我的乾渴；這片蔭涼的樹林，是我的睡眠；這個赤裸的孩子，是我的欲望。透過鳥兒的鳴唱，我的愛意也展現歌聲。我的心在這個蜂房裡嗡嗡作響。可以推移的地平線啊！請你成為我的邊界；你在斜陽下更往遠處漂離，你益發迷濛，變得碧藍深邃。

●

這就是愛情與思想的微妙匯流。

這頁白紙在我面前閃耀光芒。

正如上帝化為人形，我的思維也要服膺節律的規制。

我是個擅於再造的畫家，為了重現我的完美幸福，我要在此塗滿最鮮活、最震顫的色彩。

此後我捕捉文字時，只想抓著它們的翅膀。野鴿、我的喜悅，這可是你？啊！還不要飛上天空。停在這裡吧；歇息一會。

我躺臥在地上。身旁樹枝鮮果纍纍，彎腰垂向綠地；樹枝觸及青草，拂弄最細嫩的草尖。野鴿一陣咕咕叫，震得樹枝搖晃連連。

●

我這本書是寫給某個生長在未來的少年——他就像十六歲時的我一樣，但更自由，更圓熟；我要讓他從中找到答案，解決令他悸動不安的疑惑。不過，他的問題會是什麼？

我與這個時代沒有太多接觸，而同時代人的各種遊戲，也從未真正讓我得到樂趣。我朝現世俯望，視線卻超乎其外。我跨足過去。我預先感知到一個未來時代，生活在其中的人們將不再能理解今天我們覺得極其重要的問題。

我夢想著新的和諧。一種更微妙、更率真的文字藝術；不求華美修辭，也不試圖證明任何事。

啊！誰能讓我的思想掙脫邏輯的沉重枷鎖？我最真摯的熱情，一旦我將它表達出來，它就變形走樣。

●

生命可能更美好，超過人們允許的程度。智慧並非存乎理性，而是寓於愛。唉！迄今為止，我一直活得過於謹小慎微。必須無法無天，才能排除新的法則。啊，解脫！啊，自由！我的欲望能伸到何方，我就要奔向那邊。哦，我喜愛的人啊，請跟我來，我要把你一路帶到那個地方，讓你能往前走得更遠。

交會

從早到晚，我倆快活行樂，彷彿跳舞般完成生活中的種種行為，恰似無懈可擊的體操運動員，務求所有動作如行雲流水，完美貼合節奏。馬克[93]負責打水，壓水泵、拉上水桶，展現一絲不苟的韻律。我們清楚知道該透過哪些動作，到地窖取酒，開瓶飲用；我們已將整個程序分解組合。我們碰杯喝酒，節奏分明。我們也設計出一些讓自己在日常生活的困境中巧妙旋身的步伐；還藉由其他各種步履，表露或掩飾內心情感的憂煩。有用於哀悼的快三步，也有用於祝賀的快三

93 譯注：指馬克．阿雷格（Marc Allégret, 1900-1973），法國攝影師、編劇、電影導演。其父艾里．阿雷格（Elie Allégret）曾任紀德少年時代家教，隨後師生兩人成為知交。馬克．阿雷格十五歲時與時年四十七歲的紀德結為愛侶，兩人交往十二年，雙方始終維持友好關係，直到紀德辭世。

步。有追隨瘋狂願景的快步舞，還有陪伴合理想望的小步舞。就像那些著名的芭蕾舞蹈，我們也有小小口角的舞步、大吵大鬧的舞步，和言歸於好的舞步。我們非常擅於整體動作；不過完美伙伴的舞步必須單獨完成。在我們發明的步伐中，最為妙趣橫生的莫過於沿著寬闊草地下坡入水洗浴；跑步動作飛快，因為我們要滿身大汗地抵達水邊；草地的坡度有助於大步跨越，於是我們連蹦帶跳，將一隻手往前伸出，有如那些追趕電車的人，另一隻手則抓住在我們身上飄動的浴衣；氣喘吁吁地來到水畔，我們一邊吟誦馬拉美[94]的詩句，一邊開懷大笑著縱身入水。

然而你會說，若要讓這一切洋溢詩情，還缺了那麼點放肆……喔！我忘了：我們也會用突發的擊腳跳表達即興的歡樂。

●

一旦我成功說服自己無需幸福，幸福就開始長駐心頭；是的，自從我說服自己不需要什麼就能幸福，幸福便翩然降臨。我拿十字鎬向自私心態敲了一記，喜樂之泉瞬間從心中奔湧而出，足供所有人暢飲。我隨即明白，最好的教導就是樹立表率。我將自己的幸福視為一種天職來承擔。

那時我心想：怎麼！假如靈魂勢必將隨著肉體消融，那就立刻縱情歡樂吧！要是靈魂永存不滅，那人不就得耗費永生永世的時間，關注感官並無興趣的事物？每當你穿越一個美好國度，難道只因它的萬般魅力一閃即逝，你就對它不屑一顧，不願好好欣賞？穿越的速度越飛快，目光就要越貪婪；逃離的腳步越匆忙，擁抱就要越急遽！我是瞬間的戀人，為何我不應更深情地擁抱我知道自己無法留住的事物？善變多情的靈魂，抓緊時間！須知最美麗的花朵也最先凋萎；趕快俯身嗅聞它的芬香。永不凋謝的花朵不會有芬芳。

天生喜樂的靈魂，你的歌聲無比清亮，再也不必擔心有什麼會讓它黯然失色。

不過如今我已明白，萬物來去匆匆，唯獨上帝恆在，上帝並不寓居於任何物體，而是長駐於愛中；現在，我懂得如何在瞬間品味寧靜的永恆。

●

這種喜樂的狀態，你若不擅於加以保持，就不必執意追求。

94 譯注：斯特凡・馬拉美（Stéphane Mallarmé, 1842-1898），法國詩人、文學評論家。與韓波（Rimbaud）、魏崙（Verlaine）等人同為早期象徵主義詩歌代表人物，作品除對文壇影響深遠，也啟迪二十世紀初期的立體主義、達達主義、超現實主義、未來主義等藝術流派。德布西、拉威爾等多名音樂家曾以其作品為靈感譜寫樂曲。

溫柔眩惑的景象
環抱慵然甦醒的軀體！
我絲毫不想主張
追尋超脫凡塵的境地；

但我愛你，無玷的天庭。
我如亞列爾[95]般輕盈，
但若眷戀蒼空一隅，
將免不了墜入地獄。

以我所知來評議，
沒什麼比這更實際。
傾聽你就是聽見你，
聽見你就不會忘記。

我不願再癡癡夢想，

此刻就要品嘗瓊漿。

今天早晨，就像某個人發現他的鋼筆沾了太多墨水，擔心滴到紙上暈污，索性揮灑出一大串文字。

2

我的心中充滿感恩，感恩的心讓我天天發現上帝。早晨一醒，我便因自己的存在感到驚奇，為此讚嘆不已。何以痛苦消失所帶來快樂比較少，快樂結束造成的痛苦比較多？原因在於，人在苦痛中總是惦記著被剝奪掉的幸福，而處在幸福中時，根本不會去想自己僥倖免受的痛苦；這其中的道理是，人生來就應該是快樂的。

95　譯注：亞列爾（Ariel）是猶太—基督教神祕主義傳統中的一名天使，這個名字在希伯來文中的原意是「神的獅性」。在十七世紀英國詩人約翰．彌爾頓（John Milton）的史詩《失樂園》中，天使分為兩派，一派忠於上帝，另一派決定反叛。反對派由路西法領導，亞列爾是其中一員，後來反對派戰敗，成員遂成墮落天使。在後期以至當代的神祕主義中，亞列爾被稱為「大地的大天使」、「大自然的天使」，執掌物質宇宙，守護所有星體，是保護地球、自然力量與動物的神靈。

每個生命體所應獲得的幸福總和，視其感官和心靈的承受能力而定。屬於我的只要被奪去一點兒，我也無異於遭受搶劫。我無從知曉自己在降生於世之前是否渴求生命；但現在既然活在世上，就理當享有一切。不過，我的感激之情極為溫柔，而且付出愛意的感覺是如此溫柔而必然，以致微風稍稍輕撫，就在我心中喚起大大的感謝。對感激的需求教導我要將迎面而來的一切化為幸福。

●

害怕失足的心理導致我們緊緊抓住欄杆的扶手。有些事合乎邏輯，也有些事超乎邏輯的掌握。（不合邏輯使我惱火，但過度強調邏輯令我筋疲力盡。）有人習慣按邏輯推理，也有人乾脆讓別人有道理。（就算理性主張我的心不該跳動，我還是認為我的心才有理。）有人可以不要生活，也有人寧可不要道理。正因邏輯有其缺陷，我才更意識到自己。啊，我最寶貴也最歡快的思想！我何必煞費苦心證明你的誕生是否合理？今天早上，我翻閱普魯塔克[96]的《希臘羅馬名人傳》時，不才在開始講述羅穆魯斯[97]和特修斯的生平時讀到，這兩位偉大的城邦奠基人是因為「男女私通而祕密誕生」，於是被人視為天神之子？……

我全面受到過去的束縛。今天的任何舉動，無不是由我昨日的狀態所決定。但當下這一刻的我，這個驟然、短暫、無可替代的存在體，卻遁逸逃脫……

啊！若能逃離自己！我要騰空躍起，超越自尊強加於我的約束。我的鼻翼迎風撐展。啊！起錨吧！為最莽撞的冒險不顧一切……但願這不會對明天造成什麼後果。

我的思想被「後果」這個語詞絆倒。我們行為的後果：對自身的後果。我對自己的期待，難道將只剩一個後續結果？後果：妥協：循規蹈矩。但我不想再慢慢走路，我要跳躍：一腳踢開過去，摒棄往昔：再也不信守諾言：我做過太多承諾！未來啊，我將多麼愛你，只要你願背信忘義！

我的思想，哪種山嵐或海風，才能偕你飛躍？青色的鳥兒，你待在峭壁邊緣振翅悸動：現時能把你帶到多遠，你就會挺進到那邊，你已集中目光往前衝，全力遁逃到未來中。

啊，新的不安！尚未提出的問題！……昨日的折磨令我厭煩困倦：我已嘗盡愁苦哀怨：再也

96　譯注：普魯塔克（Plutarchus），羅馬時代的希臘作家。

97　譯注：羅穆魯斯（Romulus）是羅馬神話中的人物，曾與其孿生兄弟雷穆斯（Remus）一同開闢羅馬城。

不願相信昨天；傾身探向未來的深淵，絲毫不覺暈眩。深淵的風，請來把我襲捲！

3

每一份肯定都在否定中達成。你在內心捨離的一切，都將洋溢生機。凡是力圖自我肯定的，反而自我否定。完全的占有，唯有透過給予才得以證明。一切你不懂得付出的，到頭來卻占有了你。沒有犧牲，就不會有復活。沒有奉獻，就沒什麼會開花結果。你亟欲保護於自身的事物，竟衰退萎縮。

你是怎麼看出水果已經成熟？——是因為它離開了樹枝。萬物成熟都是為了賜予，藉由祭獻而臻於圓滿。

●

啊！滋味香甜的水果，你已讓奢淫包覆；我知道你必須捨棄自身，才能發芽新生。你周身的甜美，讓它死去吧！讓它死去。這醇美香甜的豐厚果肉，就讓它死去！因為它屬於大地。唯有任它死去，你才會活下去。我知道：「如果果子不死，它將一身孤單。」

啊，天主！請賜予我這個福分：不必為了死去而等待死亡。

任何美德都是藉由自我捨離，才得以成就圓滿。果實無比甜美多汁，乃因它充滿發芽的企圖。

真正的辯才懂得捨棄雄辯；個人在忘我之時，才最能肯定自身。總要考量自己，反而舉步維艱。當美麗不再知道自己美，我更願讚賞它的美。最動人的線條，也是最柔順謙讓那條。基督正是因為放棄了神性，才真正成為上帝。反向言之，上帝正是因為藉基督之形捨離自身，才得以創造自己。

交會

致　尚—保羅·阿雷格[98]

98　譯注：尚—保羅·阿雷格（Jean-Paul Allégret）是馬克·阿雷格的三個哥哥之一。三人皆與紀德非常友好，視其如兄長。

1

那天，我們跟著心情遊走，在巴黎街頭信步晃蕩，偶然來到賽納街（你可記得？），在那裡遇見一名窮困的黑人，我們忍不住打量了他好一段時間。那是在費雪巴舍書店[99]的櫥窗前面。我提這個細節是因為大家為求更抒情的表現，有時會完全忘了精準度。我們佯裝觀賞櫥窗，作為停下腳步的藉口，但其實我們看的是那個黑人。他肯定相當貧困，雖然力求掩飾這點，卻欲蓋彌彰；他是個非常關心自身尊嚴的黑人。他頭戴一頂高筒禮帽，身穿得體的短禮服；但那頂帽子看起來像馬戲團的小丑帽，而他的禮服已經嚴重破損；固然穿了襯衫，但也許是因為穿在黑人身上，那襯衫才顯出它的白；他的窮困從腳上那雙破鞋最容易看出來。他踏著小步走路，像是一個已經失去目標、不久就將無法再前進的人；每走四步，他就會停下腳步，儘管天氣很冷，他還是摘下筒帽搧風，接著掏出一條骯髒的手帕擦額頭，然後再把它收進口袋；在一頭蓬亂的白髮下，是他那寬寬的前額；他眼神空洞，如同那些對人生不再有一點指望的人；他對迎面而來的行人似乎視而不見，但每當那些人駐足打量他，他出於自尊，會立刻戴上帽子重新邁步走路。顯然他剛抱著期待去拜訪某個人，結果鎩羽而歸。從他的神態看來，顯然他已不再懷抱任何希望。他像個飢餓等死的人，但寧可讓自己餓死，也不屑再折腰乞求。

毫無疑問，他要表明，並向自己證明，一個人若肯接受屈辱，絕不只因為他是個黑人。啊！

我多想同他攀談，但又不知該怎麼做，才不會冒犯他。況且那時我也不知道，與我結伴同遊的你對於人生和一切活在世上的生命，究竟關心到什麼程度。

……唉！不管怎麼說，當時我實在應該上前與他說話才對。

2

當天稍晚，我們搭乘地鐵回家時，遇見了那個親切和善的矮個子男人。他吃力地抱著一個有布罩的魚缸，從布罩側面的開口可以瞥見裡面，但整個外邊又包了一層紙。起初我們弄不清楚那到底是什麼，不過看他把東西包得那麼嚴整，我不禁笑著問他：

「這是一顆炸彈嗎？」

這時他把我拉到亮光旁，神祕兮兮地說：

「是魚。」

他生性隨和，也感覺得出我們只是想跟他聊聊，於是立刻補充說：

「我把魚遮起來，免得引人注意；不過如果你們喜歡漂亮的東西——而且想必你們是搞藝術

99 譯注：費雪巴舍書店（Librairie Fischbacher）創立於一八七二年，二〇一八年停業。

的——那我就讓你們瞧一瞧。」

彷彿一位母親用細膩的動作幫嬰兒更換襁褓，他小心翼翼地打開魚缸外面的紙包裝和布罩，然後繼續說道：

「這是我做的小生意，我是養魚的。你們看！這些小條的魚每條十法郎。別看牠小成這樣，你們絕對想不到這個品種是多麼稀有。而且漂亮極了！再仔細看，那光線一照，哇！這條綠色，那條藍色，還有粉紅色的；牠們本身沒有顏色，可是能吸收五顏六色的光線。」

玻璃缸的水裡有十多條靈巧的頜針魚，它們輪番游到布罩的開口處時，的確閃動繽紛色澤。

「是您自己養的嗎？」

「我還了好多種其他的魚呢！不過那些魚太嬌貴了，我不會拿出來賣。動腦筋算一下吧！有些魚每條值五、六十法郎；我讓買主到我那裡看，成交才能帶出去。上星期有個喜歡魚的闊傢伙，他花一百二十塊買了一條。那是一條中國金魚，牠有三條尾巴，就像帕夏[100]那樣……會不會很難養？當然難養啦！找飼料給魚吃就是個難題，而且牠們老是得肝病。每星期都得幫牠們更換維希礦泉水，成本實在很高。除了這點以外，其他還好；牠們繁殖力旺盛，跟兔子不相上下。先生，您喜歡養魚吧？找機會到我那裡瞧瞧。」

如今我已經把他的地址弄丟了。唉！真後悔當初沒能去一趟。

3

「思考這個問題應該從這點出發，」他對我說道：「最重要的發明創造，還有待我們一一發現。這些發明其實只是在闡明一些再簡單也不過的事實，因為自然界的所有奧祕都明白顯露著，它們每天都在撞擊我們的目光，只是我們視若無睹罷了。未來的人類會懂得利用太陽的光和熱，到時他們會覺得我們很可憐；他們會可憐我們為了照明和燃料，得千辛萬苦從地底下開採煤礦，而且拚命浪費煤炭，完全不為後代子孫著想。人類在節約方面，平常算是相當機靈，可是要到什麼時候，我們才能學會在地球上的所有熱點把無法即時利用或者多餘的熱能匯集起來運用呢？這是辦得到的事！總有一天會辦到！」他帶著說教的口吻繼續說：「等到地球開始變冷時，我們就會做到這件事，因為那時連煤炭也要開始匱乏了。」

「不過，」眼看他又要陷入沉悶的冥想，我設法把話題岔開：「看您談論得這麼透徹，想必您本身就是發明家？」

「先生，最偉大的人，」他緊接著回答道：「不見得最有名氣。試想，比起發明輪子、針和陀螺的人，還有第一個注意到小孩子玩的滾圈可以保持直立的那個人，那些名叫巴斯德、拉瓦節、

---

100 譯注：帕夏（pacha）是奧斯曼帝國行政體系中的高級官員，通常擔任總督、將軍及高官。

普希金[101]的，又算得上什麼？關鍵就在於懂得觀察。然而我們卻過著視而不見的生活。打個比方吧！口袋是多了不起的發明！怎麼樣，您可想過這件事？現在所有人都在用這個東西。我說了，只要懂得觀察就夠了。等一下……」他的語調忽然改變，並扯著我的袖子把我拉到一邊，「您要當心剛進來那個人。他是個老蠢蛋，自己什麼也沒發明過，只是一味剽竊別人的東西。在他面前，請您一個字都別提。（其實那是我的朋友C某，濟貧院的主治醫師。）您瞧他是怎麼盤問那個可憐的神父；旁邊那位紳士，雖然一身世俗打扮，其實可是一名神職人員，而且還是個大發明家。很可惜我跟他相處不來，否則可以聯手闖出一番名堂的；可是每當我跟他講話，他的回答總是撲朔迷離，讓我覺得彷彿在聽人說中國話。再說，近來他一直躲著我。等一下那個老蠢蛋走了以後，您就去見他。您會發現，他懂得不少很有趣的事；假如他的思考能夠周延些……喏，現在剩他一個人了。去吧！」

「您得先告訴我，您發明過什麼？」

「您想知道？」

他先朝我靠過來，然後猛地往後一仰，用異常嚴肅的口吻低聲說道：

「我是鈕釦的發明人。」

我的朋友C某既然已經離開，我朝那位「紳士」坐的長椅走去。他用雙手捧著腦袋，把兩隻手肘支在膝上。

「我是不是在什麼地方見過您？」我用這個問題開始跟他搭訕。

「我也覺得我們見過，」他把我打量一番以後說道。「不過，剛才您是不是在跟那個可憐的大使說話？對，就是在那邊一個人散步，正準備轉過身去的……他現在怎麼樣？以前我們曾經是好朋友，可是他天生容易嫉妒；自從他發現他少不了我以後，他反而受不了我了。」

「這話怎麼解釋？」我冒昧地問。

「親愛的先生，我一講您就明白了。他發明了鈕釦，想必他已經告訴過您了。不過，釦眼是我發明的。」

「所以你們就鬧翻了？」

「免不了嘛。」

4

在《福音書》中，我找不出任何明確的禁忌和戒律。重點在於盡可能以最明亮的目光瞻仰上帝，而我卻感覺我在世上覬覦的每件物品，都因為我的覬覦而變得不能透光；整個世界頓時失去

101　巴斯德、拉瓦節、普希金，分別為「微生物學之父」、「近代化學之父」、「現代俄國文學之父」。

它的清澈透明，或者說我的目光不再明亮，以至於我的靈魂再也無法感受到上帝，而且為求親近造物，拋開了造物主，結果不再生活於永恆之中，不再擁有上帝的王國。

●

主耶穌基督，我又回到祢的身前，如同回到祢以肉身形象代表的上帝跟前。我已厭倦於欺騙自己的心靈。我童年的神明朋友，我原以為自己逃離了祢，卻無處不與祢重逢。我確信現在唯有藉由祢，我這顆苛求的心才能得到滿足。唯獨我心中的惡魔還否認祢的教導完美無瑕，否認除祢之外，我可以捨離一切；其實在我捨離一切時，我就找到了祢。

推開青春的窗扇，
踏進天堂的門檻，
全新升起的歡喜
迷醉了我的靈氣……
主啊！請增進我的醉意。

我的靈魂就算喪氣，
也不會將天主忘記。
切莫讓它與祢斷離，
務必填平這個空間……
主啊！請加劇我的狂顛。

乾涸嚴酷的沙地
印著赤腳的足跡，
天真無邪的詩句
亦不規避這韻律。

無憂無慮樂逍遙，
忘卻過去醉陶陶，
充滿節律的波濤上
我的靈魂悠悠盪漾。

枝頭春花欣然初放，
灌木樹叢不禁燦笑，
在哭泣的老橡樹上，
大群雀鳥辛勤築巢。

撼動枝葉吧，歡笑！
天營神造的節奏！
我嘗過一種奇妙飲料，
它比美酒更醇厚。

光線！你亮得太銳利，
竟穿透我的眼簾！
主啊，屬於你的真理
深深刺傷我的心田。

交會

那是在佛羅倫斯發生的事，那天是個節日。什麼節日？我記不得了。我的窗外是阿爾諾河的濱河路，在聖三一橋和舊橋之間。我佇立在窗前觀看人流湧動，等著投身進去的渴望出現，引我在傍晚氣氛更加熱烈時加入人群。我朝上游方向望去，忽見一片喧囂，眾人奔跑；在房屋綴的舊橋上方，我看到正中間的開口處湧現人潮，大家俯身在欄杆上，伸出手臂，用手指著漂浮在混濁水流中的一個小物體，眼睜睜地看著它沒入漩渦，再浮出來，然後被激流沖走。我下樓詢問路人。他們告訴我說，一個小女孩掉進河裡，她的衣裙托著她在水面漂了一小段時間，但現在人已經不見了。停泊在岸邊的幾艘小船解開了纜繩，一些人拿著帶鉤的長竿在河水中打撈，一直忙到天黑；可惜徒勞無功。

豈有此理！密密麻麻那麼多人，居然沒人注意到那個小女孩，及時把她抓住？……我走到舊橋上。在小女孩投河的地點，一個年約十五歲的男孩正在回答路人的問題。他描述了事發經過：他看到小女孩忽然跨越欄杆，於是火速衝過去，及時抓住她的一條胳膊，懸空拎著她一會兒；他身後人來人往，卻沒有人覺察；他想把小女孩拉上橋，可是一個人力氣不夠，正想喊人幫忙，可是小女孩對他說：「求求你，放我走吧！」她的聲音極其哀怨，最後他終於把手鬆開。男孩一邊說著，一邊啜泣流淚。

(他本人也是個可憐的孩子，衣衫襤褸，無家可歸，不過這種小孩說不定沒有家還比較快樂。我在心中揣摩，在他抓住小女孩的胳膊，與死神爭奪她的當下，他一定也感受到與她相同的絕望，被一種如她那般不顧一切的愛意緊緊攫住，要讓那份愛為他們倆打開天國的大門。「求求你，放我走吧。」)

有人問他是不是認識小女孩；他說不認識，他是第一次見到她；沒有人知道她是誰，接下來幾天的調查也毫無結果。後來屍體撈上來了，看樣子是個約莫十四歲的少女；瘦骨嶙峋，身上的衣物破爛不堪。若能讓我多知道一些，我做什麼都願意！是不是她的爸爸在外面找了情婦，她的媽媽交了個野漢子，而她賴以生存的一切，驟然在她眼前崩潰……

「可是，」納坦奈爾問我：「你這本書的主題是喜樂，為什麼現在要寫這個故事？」

「這個故事，我原本想用更簡單的言語來講述。說實話，我不要那種踏著不幸往上躍起的幸福。剝奪別人而得的財富，我也不要。假如我的衣裳是因剝去別人的衣衫而來，那我寧願赤身裸體。主耶穌基督！祢在祢的王國擺設了筵席，這場盛宴之所以美妙，是因為人人都能成為座上嘉賓。」

人間還有那麼多的窮困、苦難、惑亂和恐怖，幸福的人只要一想到這點，就不禁感到慚愧。然而，人若自己不能獲得幸福，就無法幫助別人實現幸福。我在內心感受到一種責無旁貸的義務，必須追求幸福。不過，凡是靠傷害他人、強占其財物等方式而得的幸福，對我而言都非常可憎。再推進一步，我們就觸及到悲劇性的社會問題了。我的理智所能提供的所有論據，都無法阻止我從共產主義的斜坡滑落[102]。要求擁有錢財的富人將財產分配給別人，在我看來是個錯誤；況且，期待富人自願放棄他們的心靈強烈依戀的財產，這是多麼虛妄的幻想。我一向憎惡任何獨占的財富；我的幸福建立在賜予的基礎上，而死亡將無法從我手中拿走太多東西。死亡將奪走最多的，是那些零散的、自然的、不受掌控的、與人人共享的財富；我靠這種財富讓自己陶醉，其他一切並無所謂。我喜歡小客棧的餐食，勝過最考究的饗宴；喜歡平實的公園，勝過高牆圍起的美麗花園；喜歡能隨意帶出門散步的書籍，勝過最稀有的珍版書；而當我必須獨自欣賞一件藝術品時，如果它越美，我的喜悅就越容易被悲傷淹沒。

我的幸福，在於增添別人的幸福。我的幸福，端賴所有人的幸福才得以實現。

---

102 作者注：這個斜坡在我看來是個上坡，而我的理智在坡上與我的心靈會合了。豈止是這樣？如今我的理智已經趕到它的前邊了。雖說我有時看不慣某些共產黨人只是光說不練的理論家，今天我倒認為還有一種錯誤同樣嚴重，那就是一種將共產主義歸為情感問題的傾向。（一九三五年三月）

●

無論從前或現在，我始終讚嘆《福音書》中那種追求喜樂的超凡努力。書中向我們傳達耶穌基督的話，其中頭一句就是「……有福了」。他第一次顯聖的事蹟，是讓水蛻變成酒。（真正的基督徒只要喝純淨的水就足以沉醉。迦拿的奇蹟[103]會在真正的基督徒身上反覆出現。）然而，透過某種可怕的詮釋方式，人類在《福音書》的基礎上建立宗教崇拜，聖化了悲傷與痛苦。只因基督說過：「來找我吧，我們都飽受苦難，我為你們解除」，人們就以為必須先折磨自己、飽嘗痛苦，才能面見上帝；然後還把上帝解除苦難解釋成「赦罪」。

●

很久以前我就覺得，喜樂比悲傷更珍稀、更難得、更美好。一旦發現了這點——它可說是人生在世所能做的最重要的發現——喜樂對我而言就變得不僅像從前那樣，只是一種天生的需求，還成為一種道德上的義務。我認為，向自身周圍傳播幸福最有效且最可靠的辦法，就是自己先樹立表率，於是我決意要幸福。

我這麼寫過：「一個幸福的人若又擁有思想，那他堪稱為真正的強者。」——因為，奠基於愚昧的幸福，於我有何意義？基督的第一句箴言——「哀慟的人有福了。」旨在讓人於喜樂中也能擁抱悲傷。倘若有人認為這句話只是在鼓勵悲泣，那麼他的理解實在大錯特錯。

103 譯注：迦拿（Cana）是巴勒斯坦北部的城市，據說耶穌基督在這裡首度顯聖，將水變成葡萄酒。

第二篇

「人類陷入困境了。」我說。

「那就擺脫困境吧，」上帝接口說道：「我讓人類自求多福，正是為了表示我的尊重之意。」

我思，故我在——

「故」這個字讓我覺得蹩腳。

我思，我就存在；以下的說法可能更有道理：

我感覺，故我在——甚至可以說：我相信，故我在——因為這就等於在說：

我認為我存在。

我相信我存在。

我感覺我存在。

不過在這三種說法中，我覺得最後這個說法最真確，應該說是唯一真確的；因為追根究柢，「我認為我存在」也許並不包含「我存在」的意思。「我相信我存在」也一樣。從這個論點跳到那個論點，就像把「我相信上帝存在」當作「上帝存在」的證明一樣，這樣依樣畫葫蘆未免太膽大妄為。相較之下，「我感覺我存在」——在此我既是審判者又是當事人，怎麼可能弄錯？

●

我思故我在——我認為我存在，所以我存在。——因為我總得想點什麼事情——

比方說：我認為上帝存在。

或者——

我認為一個三角形的三個角等於兩個直角，因此我存在。——這樣一來，這個「我」就不可能確立了；……於是我說「因此它存在」——我自己維持中立。

我思考：故我在。

這樣說也可以：我痛苦，我呼吸，我感覺：故我在。因為，儘管人不思考還是能夠存在，但人不存在就不可能思考。

話說回來，只要我僅僅是感覺到，那麼我就存在而不會想到我存在。藉由這種思考行為，我才意識到自己的存在；不過這樣一來，我就不再只是單純地存在——我成了思考的存在體。

「我思故我在」等同於「我認為我存在」，而這個「故」就像天平的槓桿，不占一點重量。天平的兩個秤盤上只有我放的東西，也就是同樣的東西。X等於X。顛來倒去，導不出任何結果，過沒多久，我就頭昏腦脹，只想出去散步。

●

某些搞得我們慌亂不安的「問題」當然並非微不足道，只是完全無法解決——因此，讓我們的決定取決於問題的解決是非常荒唐的事。那就乾脆不管好了。

「不過在行動之前，我需要知道自己為什麼存在於這個世間，上帝是否存在，是否看見我們，因為一旦事實是如此，我就會認為『祂看見我』是不可或缺的事；因此我首先需要知道是否……」

「那就儘管傷這個腦筋吧。不過你不會採取任何行動。」

我們還是趕緊把這個笨重的包袱放到寄物處好了，然後像艾德華那樣，一下就把寄存單也丟了[104]。

●

不信上帝比我們以為的要困難得多。除非從來不曾真正觀看過大自然，否則實在很難不相信上帝。看見物質最細微的悸動……它為什麼會動？朝什麼動？但是，這些充盈在自然界的訊息卻促使我背離你的信條，如同它引導我背離無神論。物質能穿透也能延展，且受精神影響；精神能與物質結合，進而融為一體——我面對這種種現象時所感受的驚訝，稱得上是一種宗教性的情懷。這個世界上的一切無不令我訝異。把這種驚愕稱作崇拜也罷，我不反對。但這又能把我們的思考推進到哪裡？在這一切當中，我非但沒能看見你的上帝，反而在所有地方發覺，上帝不可能存在於那裡，祂根本不在那裡。

上帝本身也絲毫無法加以改變的一切，我準備把它稱為「神聖」。這種說法（至少是前半段的後面幾個字）的靈感來源是歌德寫過的一句話[105]；其中的妙處在於它既不包含信仰某個上帝的意思，又意味著我們不可能接受某種對抗自然法則（簡單說就是對抗祂自己）的上帝，某種不與自然法則融為一體的上帝。

「我看不出這和史賓諾沙主義[106]有什麼不同。」

「我並不主張將這兩者區分開來。我已經引述過歌德了，他就樂於承認他的學問一部分得益於史賓諾沙。要知道，每個人身上總有一些東西是從別人身上吸收到的。我跟某些人在見解上有從屬關係或某種相似性，而且我很高興能崇敬這些人，就像你們深深崇敬你們教堂中那些神父一

104 譯注：參見紀德的《偽幣製造者》（*Les Faux-monnayeurs*）。這部小說的核心人物是兩個高中生貝納爾和奧利維耶，以及奧利維耶的叔叔、作家艾德華。某天，艾德華將行李寄放在巴黎的一處火車站，但不小心遺失了寄存單；寄存單被貝納爾撿到，他盜取艾德華的行李，而後伺機闖入他的生活。

105 作者注：《詩與真》（*Dichtung und Warheit*），第十六篇。

106 譯注：史賓諾沙（Baruch Spinoza, 1632-1677）是西方近代哲學史上重要的理性主義者，與笛卡兒、萊布尼茲等人齊名。他透過邏輯推理，導出上帝等同於自然，宇宙間只有一種最高實體（後世稱為「史賓諾沙實體」），構成萬物存在和統一的基礎。他以理性主義觀點及歷史方法對《聖經》的歷史進行系統性的批判，考察了宗教的起源、本質與歷史作用，建立近代西方無神論史上的一個早期系統性觀點。

樣。不同的是，你們的傳統最初依據的是神的啟示，因為這個理由，任何思想自由都被排除；但有另一種非常人性化的傳統，它不僅讓我的思想保有自己的特質，而且樂於鼓勵它，並要求我只能將自己已經先行驗證過的事物（除非我沒有驗證的權限）視為真實。這絕不是妄自尊大，反而蘊含著一種思想上的謙遜和高度耐心，甚至可以說是一種膽怯；但無論如何，這種情操必然摒棄以下這種假謙虛：也就是說，自認人類沒有能力憑藉自己力量認識任何真理，只有靠神明顯聖這種奇蹟式的介入，才能達到真理。」

交會

「近來人們經常談論我，」上帝對我說：「我在這裡一直聽到許多回響。情況甚至已經讓人有點不舒服。沒錯，我知道我現在很紅。不過，那些關於我的言論，我幾乎都不喜歡；有時我甚至根本無法理解。對了，既然您也是圈子裡的人——您不是自認為文學造詣很高嗎？——我倒想問您一件事。在林林總總的謬論當中，有這麼短短的一句話讓我覺得挺窩心：『談論上帝切記要自然。』也許您能告訴我，這句話是誰寫的？」

「這話是我寫的。」我紅著臉說。

「很好，」上帝說：「那你聽我說……」——祂從這一刻開始用比較親切的「你」稱呼我了

——「某些人總希望我介入，為他們打亂既定的秩序。可是假使違背我的法理，太多事情會被搞得很複雜，而且還會流於虛偽造假。那些人真該好好學習怎麼遵從我的法理；他們應該明白，唯有這樣他們才能有效從中得益。人類的能力遠超過他自己的認知。」

「人類陷入困境了。」我說。

「那就擺脫困境吧，」上帝接口說道：「我讓人類自求多福，正是為了表示我的尊重之意。」

上帝又說：

「我們私下說說就好，其實這些事並沒有讓我傷太多腦筋，都是自然而然發生的。萬物彷彿由不得我，皆由最原初的一些材料誕生。於是，連最微小的芽苞在舒展發育的過程中為我的道理所做的闡釋，也超過各路神學家漫無邊際的推論。我分散在自己創造的事物中，在裡面隱身、迷失，然後不斷找到自己，甚至可說我已與造物融為一體，並且不禁懷疑，倘若沒有天地萬物，我是否真會存在；我在萬物中向自身證明自己的無限可能。但更重要的是，紛亂無序的萬物是在人類的頭腦中才變得井然有序；因為聲音、色彩、香氣，無非是透過與人類之間的關係才存在。最神奇美妙的晨曦、最悅耳動聽的風聲、映現在水面的天色、波光瀲灩的景象，假使未經人類領會，沒有藉由人類感官的運作整理成一種和諧，那麼就只是沒有意義的空談。唯有映照在這面敏銳的鏡子上，我的全部造物才能有聲有色，蕩漾無盡情感……」

「不瞞你說，」上帝還對我這麼說：「人類讓我大失所望。有些人口口聲聲自稱為我的子民，卻以更妥善地崇拜我為藉口，背棄了我為他們在世間準備的一切。真的，正是那些將我稱作天父的人們，為了表明對我的愛，就苦修齋戒、節衣縮食，結果日漸消瘦；他們怎麼會以為我看到這種光景會覺得高興？……那樣做對我毫無用處嘛！

「我已將最美好的祕密隱藏起來，就像你們把復活節彩蛋藏在樹叢底下，讓孩子們去找。我特別喜歡那些肯花些力氣尋找的人。」

●

當我思索、斟酌我使用的「上帝」一詞時，我不得不承認這個詞語基本上不具實質意義；也正因為如此，我才得以信手拈來般地運用它。它是個形體不明的盆甕，內壁能無限擴展，裡頭可以盛裝每個人想放進去的東西，但實際上裝的也就只是每個人具體放進去的東西。假如我把至高無上的力量灌注進去，那麼我對這個容器怎可能不惶恐畏懼？假如我為它填滿對自身的關切，以及對所有人的善意，我怎可能不對它充滿愛？如果我放進去的是雷霆，旁邊還掛上利刃般的閃電，那我就不是面對著暴風雨驚慌發抖，而是面對著上帝。

謹慎、良知、善意——我完全無法想像這一切脫離人類而存在。人類當然可以把這些質性從自身抽離，非常模糊地將這一切想像為純粹狀態，也就是說以抽象方式去思考它，從而塑造上帝；人類甚至可以想像上帝代表萬事萬物的肇始，是預先存在的絕對主體，而現實世界乃是由它賦予存在的動因，並且轉而構成上帝本身存在的動因；總歸來說，就是造物主需要造物；因為若祂什麼也不創造，祂就不會是造物主了。可見這兩者始終相互關聯、互相依存，可以說有這個就不能沒有那個，有造物主就不能沒有造物；人對上帝的需要與上帝對人的需要同樣殷切，然而比起一方不能缺少另一方而存在，人類更容易想像一切都不存在。

上帝容納我；我容納上帝；我們共同存在。但在這麼想的同時，我與天地萬物便融為一體；我也就此溶解、化進芸芸眾生當中。

交會

「仁慈的上帝也就罷了，」那可愛的女孩對我說道：「哎呀，喏，乾脆直接把祂丟給你好了；我覺得跟你這個人討論根本沒用。再說，上帝永遠能反覆顯現，大家不是說麼，祂總能找到祂的造物。不管你是否甘心情願，你都是造物的一部分。昨天本堂神父又對我說了：『上帝必將拯救妳，這事由不得妳。因為妳是善良的。』那你怎麼能說你不愛仁慈的上帝呢？假如你不是那麼固執，你很快就會明白你本身的善良就是上帝慈恩的一部分，你身上所有的良好質性都來自於祂……不過我來找你，是為了跟你談聖母。哦！這次我是不會輕易放過你的！我一定要知道，你身為一個詩人，怎麼有辦法不愛聖母？其實你是愛聖母的，只是自己不知道；或者該說，你不肯對自己承認這點，因為你太自負。說真格的，你這個人實在太冥頑不靈了！……怎麼老是不願痛快地承認，清晨時分牧原還睡眼惺忪時，飄浮在那上面的銀白色霧靄就是聖母的長袍？怎不痛快承認，驟然降臨在洶湧波濤上的寧靜，就是聖母克服毒蛇的純潔雙足呢？森幽暗夜裡，你欣賞顫動的星光落下，照得泉水粼粼發亮，並映現在你的心湖，那就是聖母的目光；微風輕拂樹葉，發出悅耳的低語，沁入你的心靈，那就是她的聲音。聖母的真身，唯有渴求聖潔、毫無其他欲望的靈魂才看得見；聖母保護人心的純淨，為的是在那裡映照出自己的容顏。我從沒見過聖母，是的，還沒見過；不過我知道是聖母，還有我對聖母的愛，使一切可能玷污我的事物遠離我的心靈……好啦！你就行行好，承認並且熱愛聖母吧，這兩者是同一回事。這樣一來，你會讓我很高興的！……聖母無比寬宏大量，她甚至不介意我更疼愛小耶穌。啊，小耶穌！……不過，儘管我很愛祂，卻從不忘記他是聖母之子。況且，我們不可能愛了這個就不愛那個；而且還要同時愛聖靈。說真的，我越想越不明白你為什麼這麼固執。要是我敢把內心的想法照實說出來……其實我覺得你在這件事情上有點愚昧。」

「喔，那就聊點別的什麼吧。」我對女孩回道。

我承認，長久以來，上帝這個詞語一直被我當成雜物堆積處來使用，我把最模糊不清的概念都往那裡傾倒。久而久之，那就形成了某種難以描述的東西，它跟法蘭西斯・賈姆[107]所塑造的那個大鬍子仁慈上帝非常不同，不過幾乎一樣不具有真實的存在。此外，正如老人會陸續失去頭髮、牙齒、視力、記憶，以至最終失去生命，我的上帝在衰老的過程中（其實衰老的不是祂，而是我自己），也喪失了我從前賦予祂的種種屬性；首先（或說最終）是存在性，或者可以說是現實性。一旦我不再思索祂，祂也就不復存在。唯獨我的崇拜還在繼續將祂創造出來。我的崇拜可以沒有上帝；但上帝不能沒有我的崇拜。這一切變成某種鏡像遊戲，當我明白這個遊戲的進行完全是以我為代價時，我就不再覺得好玩了。在接下來的一段日子裡，這個殘存的聖體——祂已不再具有任何個人屬性——試圖遁逃到美學、數字的和諧、大自然的勃勃生機中……現在，我甚至連談論祂的興致都沒了。

不過話說回來，從前我把一大堆含糊混淆的概念、情感、呼喚，以及呼喚所獲的回應，籠統地稱為「上帝」，如今我知道了，這一切唯有透過我自己、唯有在我自己的內心才存在；如今想

107　譯注：法蘭西斯・賈姆（Francis Jammes, 1868-1938），法國詩人、小說家、劇作家、評論家。作品屢次在文學沙龍大放異彩，受普魯斯特等人推崇，對歐洲乃至亞洲多國文壇亦發揮了一定的影響力。一八九六年，賈姆與紀德同遊阿爾及利亞，此行是激發紀德創作《地糧》的靈感泉源之一。

起來，我覺得這些東西反而比整個世界、比我自己、比全人類更值得關注。

●

多麼荒謬的一種世界觀和生命觀，竟然造成我們苦難的四分之三，而且一味留戀過去，不願明白唯有今天的喜悅讓位，明天的快樂才會成為可能；只有前浪退去，每道新的波浪才能展現曲線之美；每朵花都必須凋謝，才能孕育果實；而若果實不落地死去，就無法確保花朵再次綻放；換句話說，春天本身就依偎在冬天的門檻上。

●

上述種種考量自始自終不斷敦促我，比起人類歷史的教訓，我該更加主動地傾聽自然歷史的教導。我認為人類歷史的教導在效益上遠不及後者，而且永遠飄忽不定。

●

再怎麼平凡的一株小草，它的生長必然遵循恆久不變的法則，而這些法則不受人類邏輯的控制，或說至少完全無法被化約為人類的邏輯。在這種情況中，實驗可以重複進行，就算難免有可能失誤，但只要透過更嚴謹的觀察、更細緻的比較，最終一定能更加趨近永恆的真理，趨近上帝——一個因了解我的理智而能超越它的上帝，一個我的理智無法否認的上帝。

趨近一個不講慈悲的上帝。但其實，你的上帝也只有你賦予祂的那麼點慈悲。除了人類本身以外，萬事萬物皆不具人性。我們必須接受這個事實，必須從這點出發。必須出發了。

●

比起基督教的上帝，我更傾向於信奉希臘諸神。不過我也不得不承認，這種多神論屬於詩情畫意的範疇；它在根本上是一種無神論。當年世人譴責史賓諾沙，原因正是他的無神論。可是，他崇仰耶穌基督時心懷的愛戴、敬意甚至虔誠，其實超過許多天主教徒，而且我指的還是那些最順從的教徒。不過當然，他信奉的是一個不具神性的基督。

●

基督教假說……無法接受。

然而，唯物論觀點卻動搖不了這種假說。

倘若我們發現並揭穿了上帝玩的某個戲法，是否就該認為上帝犯了過錯？

倘若我們理解了閃電形成的原理，是否就該將雷電從祂身上剝奪？

「太多星星了，太多不同的世界了。」X心想。他認為，假使他發現地球周圍的星體數量恰好只足以讓地球保持懸浮、維繫它的運轉、為它提供光和熱，並讓騷人墨客能夠遐思幻想，那麼或許他會有信仰。但是他知道，他不能將地球視為宇宙的中心。「因此，救贖也不會是宇宙的中心，」他自忖道：「既然上帝不再是中心，既然祂不再代表一切，那麼對我而言，祂就什麼都不是了。」

然而，兩者必須擇一；只不過我始終未能斷定，究竟哪一種對我而言比較難以想像：一個容納無數不同世界的無限空間，抑或是一個具有特定星體數目（一個也不多）的有限空間？可是，在這些星體運轉的空間範圍以外，我們又會發現什麼？我的思考撞上了一個界標。一個無法任它翺翔的虛空。一種障礙般的存有，或者一種禁制性的無存——既無主體，亦無客體？是一種漸進發生的無存，或是從某處具體開始？這種無存狀態究竟是存有緩慢減少的結果，還是源自於驟然而徹底的消亡？

不，這一切都不對。不過，從前人們不也照樣訝異於這種問題：大地的盡頭會是怎樣，會在什麼地方？直到有一天，他們終於明白大地是圓的，在它規律的圓周上，任何一個出發點同時也是終點。

●

人類的思想不可能有信念——自從確信了這件事，我就完全不再需要信念了。認定這點以後，還剩下什麼可以做？為自己創造或者接受一些人為的信念，並竭力使自己不認為那是虛假？……還是學習不要有任何信念？我曾以全副心神致力於這件事。我曾拒絕承認，這樣一種斷奶行為必然導致世人步向絕望。

第三篇

「好好認識自己。」這句格言既醜惡又危害人心。任何人若是忙於觀察自己，就會停止成長發展。毛蟲若一味只求「認識自己」，將永遠無法變成蝴蝶。

1

自然萬物無不在追求歡愉。這份追求促使草株長高，芽苞發育，蓓蕾綻放。正是這份追求安排花冠與陽光深情親吻，邀請所有生物配對婚合，將遲鈍的幼蟲送進硬繭，又讓蝴蝶逃出蛹殼的牢籠。在歡愉本能的指引下，萬物嚮往更大的安適，更多的覺知，更美好的進步……這就是為什麼我從歡愉逸樂中得到的教導多於書本，為什麼讀書沒有為我帶來多少睿智，反而使我更迷糊。

歡愉逸樂無需深思熟慮，也不必講究方法。我不假思索，縱身躍進歡樂的海洋，驚訝地發現自己在海上自在悠游，完全不覺得身體會沉沒。我們的整個生命是在歡愉中才意識到自己的存在。

不必下什麼決心，一切就這樣發生；我是完全自然而然地縱情投入。我早就聽說人性本惡，但我想親自驗證這件事。不過我對別人感到的好奇，勝於對自己的興趣；或者該說：肉慾的運作隱隱導向銷魂的惑亂，驅使我衝出自己。

我曾認為，探究倫理道德並不怎麼明智，甚至可說，只要我還不知道我是誰，那就是不可能的事。我停止尋找自我，是為了重新投入愛的懷抱。

在一段時間中，我必須捨得拋棄一切倫理道德，不再抗拒欲念。唯有欲念足以教導我；我任其擺佈。

交會

「哎！」那位可憐的殘疾人士對我說道：「哪怕只有一回！如果能像維吉爾說的那樣，把『任何一個令我愛火焚身的人』擁進懷裡……我覺得在領受到那種喜悅以後，就算再也嘗不到其他的快樂，我也會比較容易認命；我會比較能夠接受死亡。」

「可憐的人啊！」我對他說：「品嘗過那種喜悅以後，你只會希望多嘗幾回。無論你是多厲害的詩人，在這種事情上，想像帶來的折磨不及回憶帶來的多。」

「你說這話是想安慰我嗎？」他反問道。

●

然而有多少回，正要採擷某一份喜樂時，我卻像苦行者那般，猛然掉頭離去。

那其中絕無捨離的成分，只有對那份喜樂的可能結果所抱持的一種期待；這種期待是如此完美、如此圓熟，以至於喜樂的實現再也無法教導我任何事，於是我只能視若無睹地前進，內心深知，為一場歡樂進行準備確能保障歡樂來到，但其新鮮滋味已在準備過程中耗竭；最甜美的驚喜，是以突襲方式攫獲人的整個身心。不過，至少我還能從我身上消除一切躊躇、廉恥、審慎、膽怯和猶豫，這些因素都會導致人在追求歡愉時感到惶恐，並且透過預先設定，讓心靈在肉體快感消失以後必然趨於悔恨。春天常駐我心，因此我在路途上所見的山光水色、幼鳥孵育和繁花盛開，於我而言無非是內心那個春天的回聲。我渾身彷彿有一把烈火在燃燒，使我覺得似乎能將我的熱切癡狂傳達給所有其他人，好比借火給人點菸，自己的菸頭因而燃燒得更旺盛。我抖掉身上的菸灰。一份散溢的、狂熱的愛在我的眼神中漾起笑意。我心想：善良不過是幸福的輻射，而透過幸福這種簡單的效應，我把自己的心奉獻給了所有人。

而後……隨著年歲日長，我感受到的既不是欲望的減損，也不是飽足的厭膩；但經常，我在貪婪的唇上預料到歡樂將太快衰竭，於是占有在我眼中變得不如追求那般珍貴，而我越來越傾向於喜歡口渴勝過解渴，嚮往歡愉的許諾而非歡愉本身，渴望愛情的無限擴展多過愛情的滿足。

交會

我到瓦萊州[108]的那個村莊去看他，理論上他是在那裡養病，其實他已經在準備後事了。他病得完全變了樣，我幾乎認不出他來了。

「噢，不好；實在不好；真的很糟糕，」他對我說：「現在所有器官一個個都出了毛病：肝臟、腎臟、脾臟……還有我的膝蓋！……就算是好奇吧！你瞧瞧。」

他將身上的被單掀開一半，把削瘦的腿往前伸，露出腫脹得像顆大球的膝關節。他流了很多汗，襯衫貼在皮膚上，更加突顯出瘦骨嶙峋的身形。我勉強擠出笑容，設法掩飾內心的悲傷。

「反正你本來就知道，你得花很長時間才能康復的，」我對他說：「不過你在這裡還不錯吧？空氣好。吃得怎麼樣？」

「好極了。我能保住這條小命，就是因為消化得還不錯。最近這些天，我的體重甚至還增加了。我也比較少發燒了。噢！總之情況明顯好轉了。」

淡淡的笑意撐開他的面容，看來他還沒完全失去希望。

「而且現在是春天呢。」我很快補上一句，同時把臉轉向窗口，不想讓他看見淚水盈滿我的眼眶。「你可以下樓到花園裡坐坐。」

「我已經這麼做了，每天吃完午飯，我都會去坐一會兒。因為只有晚飯我才讓人送到病房來。午飯的話，我都強迫自己到餐廳吃，到現在為止只少吃了三頓。吃完飯要回房間比較辛苦，得爬兩層樓梯，不過我會慢慢走，一次最多爬四個梯階，然後停下來喘氣。總共要花二十分鐘才能爬完。不過這樣等於是讓我做點運動，等我回到床上的時候，感覺特別高興！而且這樣也好讓人打掃房間。不過我最怕的是自己失去意志力……你在欣賞我的書嗎？……對，那是你寫的

108　譯注：瓦萊州（canton du Valais）位於瑞士西南部，與義大利接壤，居民主要使用法語。

《地糧》。我一直把這本小書放在身邊。你一定想不到我從中得到多少安慰和鼓勵。」

這話比什麼讚美恭維都更令我感動；老實說，我一直擔心這本書只會對身強體健的人發揮影響。

「真的，」他又說道：「就算我病成這樣，每當我到花園裡，看見花就要開了，我也想要像浮士德那樣，對正在流逝的片刻說：『你好美啊！……停下來吧！』於是一切都顯得很和諧，很美好……讓我尷尬的是，我自己好像這場優美合奏中一個走調的音符，像這幅畫作上的一個污點……我多希望自己也很美！」

他沉默了一段時間，目光轉向敞開的窗戶，眺望外面的藍天。然後他用一種似乎是膽怯的口吻低聲說：

「我希望你把我的情況告訴我父母。我自己實在沒勇氣寫信給他們了；尤其是不敢把實情告訴他們。我母親每次收到我的信，都會立刻回信說，生病對我是好事；是上帝要拯救我，才賜予我這種痛苦；還說我應當從中汲取教訓、改過自新，只有這樣，我才有資格痊癒。所以我總是對她說我已經好轉，以免她又說教……那種話只會讓我氣得想褻瀆宗教。你就幫我寫信給她吧。」

「今天上午就會寫。」我握著他被汗水濡溼的手說。

「噢！不要這麼用力，你把我弄疼了。」

他咧嘴而笑。

2

我們的文學，尤其是浪漫主義文學，總是讚揚、培養、傳播悲情；不是那種積極而果斷，激勵世人建功樹德的悲傷情懷，而是一種萎靡的精神狀態，這種心態被稱為「憂鬱」，它會讓詩人額頭發白、目光充滿惆悵，激發創作靈感。這其中包含了時髦和自我陶醉的成分。相形之下，快樂顯得庸俗，似乎是頭腦簡單、四肢發達的表徵；笑容則讓臉龐顯得怪模怪樣。可是憂傷卻保有風雅的特權，蘊含心靈之美，洋溢深邃的意趣。

至於向來喜愛巴赫和莫札特甚於貝多芬的我，我認為繆塞[109]這個備受稱頌的詩句不免褻瀆人心：

絕望之歌，乃歌中絕唱。

我不認為人在逆境中遭受打擊，就該自暴自棄。

109　譯注：阿爾弗雷德．德．繆塞（Alfred de Musset, 1810-1857），出身貴族世家的法國詩人、小說家、劇作家。

沒錯，我知道這其中所含的毅然決然多過放任於天性自然。我知道普羅米修斯[110]被鎖在高加索山受苦、耶穌被釘上十字架死去，都是因為愛人類的緣故。我知道，在所有半人半神的神話角色中，唯有海克力士[111]在打敗各路魔怪、九頭蛇妖和種種欺壓人類的邪惡勢力之後，在額頭上留下憂心的痕跡。我知道，要剷除的惡龍實在太多，以後還將出現，也許永遠不會消亡……然而，放棄快樂形同失敗，那是一種認輸和懦弱的表現。

我們不能再容許的一件事是，時至今日，有些人一直只靠傷害他人、踐踏他人的手段，獲取自己的安適（而安適是幸福的前提）。我同樣無法接受的是，大多數人在這個塵世中，竟然必須捨棄那種從和諧狀態自然而然地萌生的幸福。

●

不過，人類把應許之地、天賜的樂土糟蹋成這副模樣……實在無法不教眾神汗顏。就連孩子把玩具摔壞、牲畜踐踏牠天天找草吃的牧場、動物攪擾牠要飲水的泉流、鳥兒弄髒自己的窩巢，這些都無法與人類的愚蠢相比。噢！城市邊緣悽慘的郊區！多麼醜陋、雜亂、惡臭不堪……郊區啊，我懷著幾分理解和關愛，想像你也能成為美麗的花園，環繞城市的綠帶，保護花草樹木為人帶來的一切繁茂與溫柔——任何個人侵害眾人快樂的行為都遭到制止。

娛樂啊！我想像你可以具有什麼樣貌！啊！在喜樂的祝福之下進行的心靈遊戲！還有勞動，勞動本身，你終於得到救贖，逃脫了不仁不義的詛咒。

●

若不是因為我們早已知道毛蟲和蝴蝶恰巧是同一個生物，有哪個進化論者會去設想這兩者之間的關聯？這種親緣關係乍看似乎不可能；況且還有身分識別的問題。身為博物學的愛好者，我覺得自己似乎可以灌注所有氣力、窮盡心中所有疑問，設法解開這個謎題。

倘若只有極少數人能觀察到這種蛻變，倘若這種蛻變更加罕見，或許我們見了會更覺得驚異。但是，面對一個經常出現的奇蹟，我們已經不再感到新奇。

況且，發生變化的何只是外形；還有習性、攝食方式……

110　譯注：普羅米修斯，希臘神話中泰坦神族的神祇之一，名字的意思是「有先見之明者」。與智慧女神雅典娜共同造人後，當時宙斯禁止人類用火，普羅米修斯見人類生活困苦，從奧林帕斯山偷火送給人類。宙斯大怒，將普羅米修斯鎖在高加索山的懸崖上，每天派一隻鷹去吃他的肝，卻讓他的肝每天重新生長，使他日日承受肝臟被啄食的痛苦。

111　譯注：海克力士，希臘羅馬神話中的人物，自幼學會各種武藝與技能，成為驍勇善戰的大力士、古希臘人最尊敬的英雄之一。

「好好認識自己。」這句格言既醜惡又危害人心。任何人若是忙於觀察自己，就會停止成長發展。毛蟲若一味只求「認識自己」，將永遠無法變成蝴蝶。

●

我清楚感受到某種恆常不變貫穿我的多元易變；但我覺得多元易變的，卻依然是我。不過，既然我知道而且感受到這種不變的存在，為何我還要努力爭取它？我這一生始終不願努力認識自己；也就是說：不願努力尋找自己。我總覺得這種探究——或者更確切地說，這種探究的成功——會為自身的存在帶來某種程度的侷限與貧乏；或者說，只有少數一些相當貧乏而受侷限的人物才能找到自己、了解自己；說得再確切些：這種對自我的認識會限制自己的存在和發展；因為人一旦找到自己的樣子，就會設法加以維持，處心積慮地想要一直像自己；倒不如竭力維護未來的期待，保護一種恆久發生、無法捉摸的流變。比起變化無常，我更不喜歡某種堅定不移的專一，某種力圖忠於自己的意志和對自我斷裂的恐懼。此外我還認為，這種變化無常只是表象，它其實應和著某種較為深藏不露的連貫性。我也相信，無論在這個問題上或在其他任何方面，我們總受文字的欺騙，因為語言強加給我們的邏輯往往比生活中實際存在的還多；而我們身上最可貴的，反而是不受邏輯公式框限的一切。

3

我有時——應該說我經常——出於惡意，說別人的壞話比自己想講的還多，也經常出於懦弱，對許多書籍、繪畫等作品說了比實際想法更多的好話，以免得罪創作者。有時我對一些人微笑，心裡卻完全不覺得他們好笑，我還會假裝覺得一些愚蠢的話語充滿心靈智慧。有時我無聊得要命，卻佯裝開心，而且無法下決心離開，只因為有人對我說：再待一下吧……我太常任憑我的理智阻止內心的衝勁。反之，內心沉默而嘴上高談闊論，也是常有的事。有時我為了贏得別人的贊同，不惜做出一些蠢事。反之，有時我認為該做的事，我卻不見得敢做，心知做了勢必遭受他人的反對。

追悔「活躍年代[112]」是老人最徒然無謂的日常活動。我這樣警惕自己，但卻難免這麼做。你鼓勵我做這件事，認為這種追悔能悄悄地將靈魂帶回上帝身邊。不過，你誤解了我的追悔、我的遺憾所具有的本質。折磨我心的，其實是對「不活躍」的懊悔；追悔我在年輕時代原本想做、該

---

112 譯注：原文使用拉丁文：temporis acti。這個詞語援引自古羅馬詩人賀拉斯的作品《詩藝》，作品中稱「老人常有許多惡習，拚命積累財富，然後多麼可悲！把錢放在一邊不敢用；處理事務緩慢又膽怯，凡事拖延到明天，沒有太多希望與活動，卻還想當未來的主宰；難以相處，愛發牢騷，一味歌頌孩提時期那個活躍年代，卻又不斷批評、責難時下的年輕人」。

做，但因為你的道德觀而未能做的事。這種道德觀我再也不相信；當初我以為遵奉它是好事，殊知它對我造成最重大的妨礙，導致我滿足了自尊，卻拒絕滿足肉體的需要。須知在那個風華正盛的歲月，心靈與身體最適合愛情，最有資格愛人與被愛，擁抱最狂烈，好奇心最敏銳而有益，感官情趣也最寶貴；也是在這樣的歲月裡，心靈與身體最有力量抵抗愛情的撩撥。

當時你稱為「誘惑」，而我也這樣隨著你稱呼的那一切，正是如今令我婉惜的東西；倘若現在的我有所懊悔，絕非因為我曾禁不住幾次誘惑，而是因為我抗拒了無數的誘惑；後來我才知道要去追求那些事物，但此時誘惑已不再如此迷人，對我的思想也不再那麼有益。

我懊悔從前讓自己的青春晦暗寡歡，懊悔當初重假想而輕現實，懊悔讓自己背離了生命。

●

「啊！有多少事我們沒做，而原本其實能做……」他們在行將就木時會這麼想：「有多少事我們原本該做，卻沒去做！因為種種顧忌，因為延誤時機，因為偷懶怠惰，因為不斷告訴自己：『算了，反正有的是時間！』因為沒有把握住無可取代的每一天，沒有珍惜一去不返的每一瞬間。因為總是拖延，遲遲不下決定、不付出努力、不張臂擁抱……」

光陰逝去便無從追尋。

「走在我後面的你啊！」他們會這麼想：「你要聰明點——好好保握今朝！」

●

我在時間長河中的這一確定時刻，占據我所處空間中的這個特定地點。我絕不可能同意這個空間點無關緊要。我奮力伸出雙臂，我說：「這是南方，這是北方……我是結果，也是原因。決定性的原因！一個永遠不會重現的機會。我存在；不過我要找出存在的理由。我要知道自己為何而活。」

●

由於懼怕遭人譏笑，我們往往表現出糟糕透頂的怯懦。多少熱血青年原本霸氣凌雲，滿懷理想抱負，卻因為他們的信念被套上「烏托邦」這種字眼而驟然洩氣，深怕自己在所謂明智者的眼中顯得天馬行空。難道人類成就的所有重大進步，不是一個個空想實現的結果！難道明日的真實不正奠基於昨日和今日的烏托邦！但願未來永不甘於僅僅重複過去，否則我的人生樂趣將因前景堪憂的念頭而恍然若失。是的，若心中不存在可能的進步，生命對我而言就不再有價值。我在我的小說《窄門》[113]中賦予艾莉莎的話，現在我當成自己的話來覆述：

「沒有進步的狀態，無論多麼幸福，我也不稀罕……不求取進步的快樂，我嗤之以鼻。」

●

很少有妖魔鬼怪值得我們對它如此懼怕。妖魔鬼怪由恐懼孕育而生——恐懼黑夜、恐懼光明；恐懼死亡、恐懼生命；恐懼他人、恐懼自己；恐懼魔鬼、恐懼上帝——你們無法再將其他恐懼強加於我們了。但是，我們依然生活在凶神惡煞的宰制之下。是誰說過的：敬畏上帝是智慧的開端。大膽無畏的智慧、真正的智慧！你始於恐懼結束之處，你教導我們生命的意義。

●

竭盡所能將信心、喜樂和自在帶到四面八方，這很快就成為從前我的人生要求，成為我不可或缺的幸福所期盼的訴求。彷彿我只能藉由他人的幸福塑造自己的幸福，除了透過交感、或說透過委託品嘗到的幸福，自己並不懂得其他的幸福。由於這個緣故，一切可能阻礙這種幸福的元素都令我感到可憎：膽怯，氣餒，互不理解，中傷誹謗，根據臆想的不幸所描繪的那種自我欺瞞的圖像，對非現實的徒然渴望，黨派、階級、國家、種族的紛爭，一切將人變成自己或他人的仇敵的元素，不和的種子，壓迫，威嚇，拒絕。

●

松鼠不苟同遊蛇橫行。野兔看到烏龜和刺蝟蜷縮便要逃開。這種多樣性，你在人類身上也能見著。因此，你別再指責與你不同的事物。人類社會唯有具備包羅萬象的活動形式，唯有促進各種不同型態的幸福開花結果，才有臻於完美的可能。

●

113　譯注：《窄門》（*La Porte étroite*）是紀德出版於一九〇九年的著作，也是他大舉成功的第一本書。書名援引自《新約聖經．馬太福音》：「你們要進窄門。因為引到滅亡，那門是寬的，路是大的，進去的人也多。引到永生，那門是窄的，路是小的，找著的人也少。」

有些人成為我的個人仇敵：誨淫誨盜者、散佈晦暗者、衰人志氣者、落伍反動者、遲緩怠惰者、玩世不恭者。

我怨恨減損人類價值的一切；怨恨降低人類智慧、信心和銳氣的一切。因為，我無法接受遲緩和狐疑總要伴隨智慧而來。也因為如此，我經常覺得兒童比老人更有智慧。

●

他們的智慧？……哼！他們的智慧，最好別太看重。

那種智慧就是要你活得越少越好，提防一切，永遠擔心緊張。

在他們提供的忠告中，總有一種不知什麼老舊陳腐、停滯不前的氣息。

他們就好比某些家庭主婦，總是對孩子叮嚀囑咐，把他們弄得暈頭轉向：

「別盪得那麼猛，繩子快斷了！」

「別待在樹下，快打雷了！」

「別在潮溼的地方走路，會跌跤的！」

「別坐在草地上，不然衣服會弄髒！」

「你活到這年紀，應該更懂事才對！」

「到底要跟你講幾次，不要把手肘撐在桌子上！」

「這孩子真叫人受不了！」

——噢！這位太太，您才叫人受不了哪！

●

欣喜之情既出乎意料，又令人分外期待，我喜歡把這種感覺比喻成那天晚上我們在客棧發現的一大盆鮮奶。我們在荒漠中走了一整天的路，到了晚上依然熱氣逼人。當時我們穿越的地區正在流行昏睡病，無法飼養牛羊，因此我們已經連續好多個星期沒見到鮮奶。不過，我們不知不覺地來到可以畜牧的地區，已經走了幾個小時；假如青草不是長得那麼長，假如我們騎的馬再高大些，我們本來應該偶爾能看見一群群牲口在吃草的。那天晚上，我們只求有水可以解渴，即使是品質堪憂的熱水也罷；為了謹慎起見，我們會把水煮開以後才喝，但就算加進一些葡萄酒或烈酒，讓水有點顏色，一股令人作嘔的口感仍然會隔著酒精的氣味衝進口鼻；這就是那些日子裡，我們夜夜聊以自慰的飲料。孰料那天晚上，在昏暗的茅屋裡，我們驚喜萬分地發現客棧的人已經幫我們擠好一大盆鮮奶。薄薄一層灰沙使鮮奶表面失去光澤，我們用杯子揭開那層薄膜，底下的鮮奶露了出來，在飽受一天的酷暑之後，鮮奶令人倍覺芳醇而清新。儘管鮮奶白皙純淨，我們卻覺得彷彿在啜飲一片蔭涼，還有無盡的休憩和慰藉……

第四篇

別再允許自己在這個由人類過濾、釀造的傳統奶水中汲取養分。你已長出牙齒，可以咬食咀嚼，所以你應當在現實世界中尋找食糧。

1

我只喜歡會呼吸、有生命的事物。追根究柢，我的思想致力做的事是組織——還有建設。可是如果沒有先檢驗我必須使用的材料，我就不可能建出什麼東西。已經被公認的概念、各種原則，我的思想在親自加以認可之前，一概不予接受；此外我還知道，最響亮的話語也最空泛。我不能信任那些侃侃而談的人、思想正統的人、虛偽的衛道之士；一見他們，我就先戳穿他們的高談闊論。我要知道，你的德性中藏了哪些自命不凡的成分，你的愛國情操中藏了什麼利益考量，你的愛情中藏了多少肉慾和自私。不，儘管我不再把燈籠當作星星，我的天空也不會因此而晦暗；即使我不再聽任幽靈引路，儘管我不再喜歡超乎真實的東西，我的意志也不會因此而萎靡。

•

但是，過去的人類並非一直是他今天的模樣；這樣的信念立刻點燃一股希望：將來的人類未必會是他今天的樣子。

當然，我也曾像福樓拜那樣，對著「進步」這座偶像微笑甚至爆笑；不過那是因為世人為我們描述的進步，正像一尊可笑的神像。商業和工業的進步；尤其是藝術的進步，簡直愚蠢到家！

知識的進步——這還說得過去。不過對我而言，真正要緊的還是人類本身的進步。

過去的人類並非一直是他今天的模樣，而是經過緩慢演變而得；儘管仍有各種神話傳說，我認為這點已經無庸置疑。我們的目光侷限於最近相對晚近的這些世紀，因而會覺得人類從過去到現在一直差不多，並讚嘆人類從法老王的時代至今完全沒有改變；但若探入「史前文化的深淵」中，情況就會大不相同。而如果人類並非一直是他今天的模樣，我們怎能認為他將永遠如此？人類不斷流變。

不過，那些人非但想像，而且還硬要我相信，人類就像但丁筆下那個被詛咒的人物[114]，因為永遠無法移動而絕望，並且高聲喊道：「哪怕千年只能往前跨一步，我早就已經上路！」

這種進步的概念已在我的腦海中扎根，它與其他各種概念串連成氣，或說降伏了其他想法。（每一個古典時期由於能夠暫時取得平衡，因此都曾提出所謂「完人」的幻想。）人類必然將超越現狀，這個想法令人心蕩神馳，而且一切可能阻礙這股進步的勢力都會立即隨之遭受遏制

114 譯注：指但丁《神曲》中的一名偽幣製造者。這個人物因用合金而非純金鑄幣，遭處火刑，死後在地獄被判下半身泡進水中，但永遠無法移動，乾渴至極，卻只能望水興嘆。

（這就好比基督教徒憎恨邪惡）。

●

這一切都將被掃蕩乾淨。不僅是那些該被掃蕩的東西，也包括那些可能不該被掃蕩的東西。因為，這兩者怎麼分得清楚？你想透過維繫過去來拯救人類，其實只有拋棄過去，將不再有用的事物摒棄於過去，進步才會成為可能。然而，你就是不願相信進步。你說：「過去是怎樣，將來就會是怎樣。」但我堅持認為，過去曾經是怎樣，未來就不會再是那樣。人類將逐漸擺脫從前曾經保護他，但今後只會奴役他的一切。

●

該改變的不只是世界，還有人類。這個嶄新的人類將從何方迸現？不會是從外在而來。夥伴，你要懂得從自己的內在發掘他；就像礦石能提煉出毫無雜質的純金屬，你期待的那個人，就從你自身要求他出現吧。從你的自身提取他。敢於成為現在這樣的你。不可以輕易放過自己。每個人身上都蘊含著驚人的可能。要堅信自己的力量和青春。切記不斷告訴自己：「這事完全取決於我。」

●

紛雜混淆無法為我們帶來任何好處。

我年輕時，滿腦子都是雜種、騾子和鹿豹。

選擇是種美德。

首要的美德：耐心。

這跟單純的等待完全不同。不如說耐心與頑強相通共融。

交會

1

我在波旁內地區[115]認識一位和藹親切的老小姐，
她在衣櫃裡保存了大量陳年老藥；
越存越多，幾乎擺不進其他物品；
我見老小姐現在身體非常健康，
便冒昧地告訴她：
這些藥對她肯定已經沒用，
保存下去也許沒什麼必要。
聽到這話，老小姐滿臉漲紅，
我還以為她就要大哭一場。
她把瓶裝藥、管裝藥和盒裝藥一一取出，
邊拿邊說：

「這藥治過我的一次腸絞痛，
這藥治好過我的咽喉痛！
這藥膏曾消除我腹股溝上的膿腫，
但難保病不復發，留著或許還有用；
有段日子我有便祕的困擾，
服了這藥立刻通通暢暢。
這件器械應該是吸入器，
不過恐怕已經壞得不堪使用……」
最後老小姐對我透露，
過去她買這些藥花了很多錢，
我這才明白她不肯把藥丟掉，
原來還有這一大原因。

115　譯注：波旁內地區（Bourbonnais）是法國的一個歷史區域，位於法國中部，相當於中世紀時期波旁內公國所屬領土，後來曾設行省。目前大致歸入阿里耶（Allier）省的範圍。

2

而後，道了終須拋開這一切的時候。
「這一切」究竟包括什麼？
——對某些人來說就是：
長年積聚的財物、房地產、藏書，
還有可供尋歡作樂
以及消磨閒暇的大沙發；
對許多其他人來說，
「一切」代表辛苦和勞動。
撇下親人和朋友，正在成長的子女；
已經動手的工作，尚待完成的作品；
快要實現的夢想；
想要重讀的書籍；
從未聞過的芬芳；
還沒好好滿足的好奇；

指望你救濟的窮人；
盼望達到的一種安詳與寧靜……

然後忽然大勢已去，陷入絕境。

終於有一天，有人這樣說：
「你可知道……龔特朗，我剛看到他了。
他已經完了。
最近這個星期，他只是在苟延殘喘。
他反覆說著：
『我覺得，我感覺得到，我就要走了。』
大家仍然抱著希望，可是已經回天乏術了。」
「他到底得了什麼病？」
「應該是內分泌失調。
而且他的心臟很糟糕，
大夫說可能是胰島素中毒。」

「你講的這些令人匪夷所思。」

「據說他留下一大筆財產，

還有他收藏的勳章和繪畫。

全數上繳國庫，旁系親屬一文錢也拿不到。」

「收藏勳章！有點莫名其妙，

居然有人會有這種嗜好！」

●

——別再假裝耍寶了。你見過死亡；那不是什麼好笑的事。你竭力開玩笑，為的是掩飾你的恐懼，但你的聲音在顫抖，你的打油詩更是蹩腳。

——有可能……沒錯，我見過死亡……我的感覺是，人在死亡的焦慮結束後的彌留之際，感覺往往變得全然遲鈍。死神戴上毛皮手套來抓我們。祂會先把人弄昏，然後才把他掐死；死神要我們訣別的一切變得模糊不清，失去存在感，可以說不再具有真實性。世界已經慘澹無彩，因此就不難離開，也沒什麼東西讓人遺憾。

因此我想，死亡應該不是多困難的事，因為追根究柢，凡人皆有一死。說穿了，假使人生在世不只死一次，也許養成習慣就沒事。

不過對那些一生未能如願的人而言，死亡是殘酷的。這時宗教就會趁虛而入，對他說：「不必擔心，人生在彼世才開始，屆時你將得到報償。」

但人生應該在「此世」、在當下就進行才對。

●

夥伴，什麼都別相信；沒有經過證明的事，你一概不要接受。殉道者的鮮血從來不曾證明什麼。任何一種狂熱的宗教都曾激發熾烈的信念，都有人願意為它赴湯蹈火。有人為信仰之名而犧牲；有人為信仰之名而殺人。求知的欲望自疑問而生。別再相信什麼，一切以求知為重。世人正是因為缺乏證據，才更力圖強加於人。切莫輕信，切莫讓人將任何事物強加於你。

●

創傷——使痛苦麻痺……

想起蒙田[116]的一則精采記述，內容是關於他從馬上摔下，然後昏迷過去的事。盧梭[117]也提過一場險些讓他喪命的意外事故：「我沒感覺到碰撞和墜落，也不知道後來發生了什麼事，直到我甦醒過來……夜色已深。我看到天空，幾顆星星，還有一些植物。那個最初的感覺是個美妙的時刻。我還能意識到自己，完全是因為那份感覺。我在那一刻獲得新生，感覺彷彿正在把自己輕飄飄的生命充盈在我所見的所有物體中。我整個人沉浸在當下那一刻，什麼也不記得……既沒有感覺到疼痛，也沒有恐懼或不安……」

那本自然史小書，戰爭爆發時我不知把它放到哪兒去了，後來遍尋不著，我連書名和作者的名字都記不得（那是一本附插圖的小開本英文書，醬紫色布料材質裝幀）。我只看了引言，其中的意思主要是邀請讀者探索所謂自然科學。我記得很清楚，引言中有段文字大致是這麼寫的：所謂痛苦，說穿了其實是人類的發明；自然萬物都在爭相避免痛苦，假使人類不去虛構、幻想，痛苦原本可以被減少到微乎其微。這並不是說一切生物都沒有能力受苦；而是說，所有孱弱的、不適於環境的生物似乎一開始就自然而然地被淘汰了。接下來書裡舉了一些有力的例證，其中一個是母雞：母雞才剛從老鷹的利爪下死裡逃生，立刻就又開始啄食，跟原先一樣無憂無慮。根據作者的說法（我的想法也一樣），這是因為動物生活在當下，因此能夠免於人類臆想的絕大多數痛苦，無論那涉及的是對過去的追念（遺憾、懊悔），還是對未來的憂慮。接著作者繼續闡述他的觀點（他的理論非常大膽，不過立即獲得我由衷的認同）：被追逐的野兔或鹿（不是人類在追逐牠們，而是另一種動物）在奔跑、跳躍和閃避的過程中會感受到快樂。不管怎麼說，我們知道最終有一點是無庸置疑的：跟任何暴力性的傷害一樣，猛獸的爪子猛力一擊，會讓獵物當場昏迷，獵物往往還未感受到痛苦，就已奄奄一息。另外我也發現，如果把這種論述推得太遠，某些東西似乎就會顯得有點矛盾；不過整體而言，我相信他的觀點是絕對正確的；在整個自然界中，生存的幸福遠遠勝過痛苦。可惜這個現象到了人類身上就不靈驗了；而這是人類自己造的孽。

倘若人類少幾分瘋狂，本來可以免除戰爭的禍害，而如果他對同胞少幾分殘酷，原本也可避免窮困之苦（窮困造成人類最多的苦難，遠遠超過其他因素）。這種思考方式絕不是為了描繪什麼理想國，只是直截了當地指出，人類的大多數苦痛並非命中注定、必然發生，而是由我們自己一手造成。有些痛苦的確無可避免，但就算我們生了病，也還是有些方法可以治療。沒有任何事能讓我懷疑，人類可以更剛強、更健康，而且因此更快樂；我也堅信，我們所受的種種痛苦，絕大多數是我們自做自受。

116 譯注：米歇爾・德・蒙田（Michel de Montaigne, 1533-1592），法國文藝復興時期博學家、作家、哲學家。早年修讀法律，曾於波爾多最高法院任職，其後亦曾出任該市市長。蒙田以《隨筆集》（*Essais*）留名後世，對西方文學影響深遠。他另闢新徑，不忌諱談論自己，開卷就說：「本書之素材無他，吾人是也。」後人將他評為法語世界的歷史學及人文學先驅與奠基者。

117 譯注：尚—賈克・盧梭（Jean-Jacques Rousseau, 1712-1778）是啟蒙時代法國與日內瓦的哲學家、政治理論家和作曲家。

3

我把大自然稱為上帝，只是圖個簡單罷了，而且這樣還可以惹惱一些神學家。因為你會發現，神學家對大自然視而不見；即使偶爾會欣賞一下，也不懂得深入觀察。

與其求知於人，不如求教於上帝。人類已經變得虛假扭曲；人類的歷史不過是種種藉口和欺騙所構成的歷史。我曾經寫過：「一輛菜農的車上裝載的真理，比西賽羅[118]最美好的年代還多。」世界上有人類史，也有名稱非常精準的所謂「自然史」。在大自然的歷史中，你要懂得聆聽上帝的聲音。不是隨便聽聽就算；要向上帝提出明確的問題，並且強迫祂提供明確的回答。不要光是欣賞而已；要好好觀察。

這樣一來，你就會發現任何幼小的生命都非常柔嫩；每一個芽苞不都被包裹了好幾個保護層！然而，一旦幼芽萌發，所有起先用來保護它的東西立刻成為障礙；幼芽必須衝破外殼，衝破最初呵護它的包覆物，才有生長的可能。

人類珍愛自己的襁褓；但若不能從中脫身，就無法成長。斷奶的嬰兒推開母親的乳房，並不是忘恩負義，而是因為他需要的已經不再是母乳。夥伴，別再允許自己在這個由人類過濾、釀造的傳統奶水中汲取養分。你已長出牙齒，可以咬食咀嚼，所以你應當在現實世界中尋找食糧。你要勇敢而赤裸地挺直身軀；衝破外殼；離開你的支架；現在的你只需要身上汁液的奔湧和陽光的呼喚，就能茁然挺立。

你會發現，所有植物都會把自己的種子散播到遠處；你也會發現，某些種子擁有美味的外殼，能吸引鳥兒啄食，然後讓鳥兒帶到原本自己去不了的地方；有些種子則具有螺旋片或小翅膀，可以隨風漫遊到四面八方。因為，土壤如果長期滋養同一種植物，會變得越來越貧瘠，土質越來越惡劣，導致新一代的植物無法在同一個地方獲得上一代所汲取的營養。不要把祖先已經消化過的東西拿出來反芻。你看那梧桐樹和無花果樹的的帶翼種子正在奮力飛翔，彷彿它們早已明白，先人的庇蔭只會為它們帶來孱弱和衰退。

你還會發現，樹汁由下往上奔湧時，總要讓距離樹幹最遠的樹枝末梢最先鼓起芽苞。你要懂得其中的道理，盡可能遠離過去。

●

118 譯注：西塞羅全名為馬庫斯・圖里烏斯・基凱羅（Marcus Tullius Cicero, B.C.106-43），羅馬共和國晚期哲學家、作家、律師、政治家、雄辯家。西塞羅在文學上成就非凡，奠定古典拉丁語的文學風格。他也是精於古希臘哲學的翻譯家，為羅馬人引介希臘哲學作品，使這方面的研究在羅馬征服希臘後得以延續。

你要領悟古希臘的寓言：神話告訴我們，阿基里斯渾身刀槍不入，只有一個部位例外，那就是因為緬懷母親手指的觸摸而變得柔弱的腳踝。

●

悲傷啊！你不可能制伏我。在一片哀嘆、啜泣聲中，我聆聽的是一首柔美的歌曲。這首歌曲由我隨意填詞，在我心志動搖時帶給我堅強。我在歌裡填滿你的名字，夥伴，也填滿一聲聲召喚，召喚那些性靈剛強，願勇敢回應的人們：

「低垂的額頭，挺起來！俯視墳墓的眼眸，抬起來！抬起眼睛不是為了望向空洞的天空，而是要眺望遠處的地平線。望向你的雙腳將帶你前往的彼方；新生而勇敢的夥伴，你已準備好離開這些充滿死人臭氣的地方，請讓你的希望帶領你前進。絕不可讓任何過去的愛戀挽留你。朝未來衝去！別再老是把詩歌搬進夢裡，要懂得在現實中觀看它。倘若現實中還不存在詩情，請你自己把它放進去。」

「未得消解的乾渴、無法滿足的食慾、顫慄、徒然的等待、疲憊、失眠……但願這一切你都能倖免，啊，夥伴！我多希望會是這樣！讓你的豐唇，讓所有果樹的枝條，通通垂向你的雙手。讓牆垣倒塌，剷平你身前的屏障；正是那些死守財物不放的人在那上面寫了：「私人宅邸，禁止入內。」竭力使你的辛勤勞動終於獲得全部應有的報償。願你的頭能高高抬起，願你的心充盈著愛意，而不是仇恨或妒忌。是的，讓空氣終於能盡情撫摸你，讓陽光終於能盡情照耀你，讓幸福終於能盡情邀約你。」

●

我欣喜若狂地在船頭往前俯身，凝視數不清的波濤、一座座島嶼朝我湧來，還有陌生國度的無盡冒險，而那個地方的輪廓已經……

「不對，」他對我說：「你心中的意象是虛假的。你看到這些浪濤，你看到這些島嶼；但我們無法看見未來。只能看見當下。我看見這個瞬間帶給我的一切——想想它將從我這裡奪走些什麼，而我再也不能看到。不管是誰站在船頭往前方看，就隱喻角度而言，都只看見一片蒼茫的虛空……」

「一片虛空，但卻充滿可能性。對我而言，過去的一切不如現在的一切重要；現在的一切則不如未來可能發生和將會實現的一切重要。我認為可能和未來是同一件事。我相信任何可能性都在竭力成為具體存在的現實；凡是可能實現的，將來必能實現，只要人類助它一臂之力。」

「你還矢口否認你是神祕主義者！可是你明明很清楚，在所有可能性當中，只有一種會成為真實，而為了成為真實，它必須把所有其他可能性打入虛無的冷宮；原本可能實現但未能實現的，只會讓人感慨萬千。」

「我特別清楚的一點是，人只有把過去拋在身後，才可能往前。據說羅得[119]的妻子因為轉頭往後看，結果化成一尊鹽像——由眼淚凝固而成。羅得把目光投向未來，於是跟女兒們行房。事情就是如此。」

●

啊，納坦奈爾！這本書是為你而寫——當初我為你取的名字，現在讓我覺得太哀怨；如今我把你稱作夥伴。夥伴，別再把任何哀怨的事物放進心中。

要懂得在己身找到辦法，讓哀怨變得毫無用處。你自己能得到的，就別再哀求別人給你。我已是過來人；現在輪到你了。從今以後，我的青春將在你身上延續。我把能力傳給你。如果我覺得你在接替我，那我會比較坦然地接受死亡。我把希望寄託在你的身上。

感覺你已勇敢剛強，我告別此生就不會有遺憾。請接過我的快樂。把增進別人的幸福當成自己的幸福。努力工作、奮鬥，不要默默接受任何你有可能改變的不幸。務必再三告訴自己：「一切取決於我。」切記，倘若我們甘心承受人類本身導致的禍害，那必定是出自懦弱的心態。如果你曾相信智慧的真諦在於逆來順受，請別再認同這種論調；也別再以智者自居。

夥伴，不要把世人為你提案的生活照單全收。不斷說服自己，無論是你的生活或他人的生活，都可以變得更加美好；絕不可相信另一種屬於來世的生命將帶給我們慰藉，幫助我們接受此生的苦難。不要接受這種觀點。一旦你開始明白，人生的痛苦並非上帝的造化，而幾乎都是人類自己造成的結果，你就不會再心甘情願地忍受這些苦痛。

不要再為偶像獻祭了。

119 譯注：羅得是舊約《聖經·創世紀》中記載的人物，由於索多瑪與蛾摩拉二城沉溺於罪惡，上帝決意將其殲滅，事先派天使囑咐羅得一家逃往山上，但途中不可停下腳步及回頭。羅得之妻忍不住回頭觀望，結果化成一根鹽柱。羅得與女兒逃到山洞內居住，大女兒擔心從此找不到男人孕育下一代，決定灌醉父親並與其交合，而後鼓吹妹妹仿效。

作者年表

一八六九年　十一月二十二日出生於巴黎。父親保羅·紀德是巴黎大學法學教授。叔叔查理·紀德是政治經濟學者。

一八七七年　進入亞爾薩斯學校，很快就遭退學。復學後又患了麻疹，家人將紀德帶往拉洛克休養。

一八七九年　再度進入亞爾薩斯學校就讀。

一八八〇年　父親逝世。再度因病休養。

一八八二年　紀德意識到自己對表姊瑪德蓮萌生愛意。

一八九三年　出版《于瑞安的旅行》、《沼澤地》、《愛的嘗試》。

一八八四年　再次入學，數月後三度休學。在家中學習閱讀與音樂，醉心文學、聖經、希臘神話。疼愛紀德的母親摯友安娜·夏克頓逝世，日後紀德以安娜的逝世為主題寫成《窄門》。

一八八七年　重返亞爾薩斯學校研讀修辭學課程。認識摯友皮耶·路易。

一八八八年　進入亨利四世中學修習哲學。紀德只讀一學期就不再上學，決定認真寫作，並決心要娶戀慕許久的表姊瑪德蓮。

一八九一年　出版書寫費時數年的《安德烈・瓦爾特筆記》。瑪德蓮拒絕紀德的求婚。紀德與皮耶・路易開始出入詩人埃雷迪亞和馬拉美家中的文士聚會。

一八九三年　前往阿爾及利亞旅行，初嘗性愛，翌年返巴黎。

一八九五年　二度前往阿爾及利亞旅行，偶遇王爾德和暱稱「波西」的阿爾弗萊德・道格拉斯。離開阿爾及利亞前與皮耶・路易重逢，兩人決裂。返回巴黎後，母親茱麗葉逝世。紀德與表姊瑪德蓮訂婚。

一八九六年　獲選為拉洛克市長。

一八九七年　出版《地糧》。

一八九九年　出版《掙脫鎖鏈的普羅米修斯》、戲劇《菲羅克忒忒斯》。

一九〇一年　出版戲劇《坎杜爾王》。

一九〇二年　出版《背德者》。

一九〇三年　出版戲劇《沙烏爾》、評論集《藉口》。

一九〇五年　出版《王爾德回憶錄》。

一九〇七年　發表《浪子返家》。

一九〇八年　參與創辦《新法國評論》，翌年正式發行，成為法國最重要文學刊物。

一九〇九年 出版《窄門》。

一九一一年 出版《伊莎貝爾》。

一九一二年 出版戲劇《巴底西巴》。

一九一四年 出版《梵諦岡地窖》。

一九一六年 少年馬克·阿雷格成為紀德的情人。

一九一八年 與馬克私奔至倫敦，妻子瑪德蓮在氣憤之下燒毀紀德視為重要創作的信件。

一九一九年 出版《田園交響曲》。

一九二〇年 匿名出版《如果麥子不死》第一冊。

一九二一年 匿名出版《如果麥子不死》第二冊。

一九二三年 出版《杜斯妥也夫斯基評論集》。與伊莉莎白·凡·萊西爾伯格生下女兒凱特琳·紀德。伊莉莎白為紀德友人、比利時印象派畫家西奧·凡·萊西爾伯格之女。

一九二四年 出版《科里登》，以對話錄形式探討同性戀，引發軒然大波。

一九二五年 公開呼籲為囚犯爭取人性化的生活條件。

一九二六年 出版《偽幣製造者》。《如果麥子不死》公開集結發表。

一九二七年 出版《剛果之旅》。

一九二八年	出版《從查德湖歸返》。
一九二九年	出版《女校》、《論蒙田》。
一九三〇年	出版《羅貝》。
一九三二年	出版《紀德日記：一九二九年至一九三二年》。
一九三五年	出版《新糧》。
一九三六年	出版《日妮薇》、《從蘇聯歸來》。
一九三八年	瑪德蓮過世。
一九三九年	紀德成為史上首位名列伽利馬出版社七星文庫的在世作家。出版《紀德日記：一八八九年至一九三九年》。
一九四二年	離開法國，移居突尼斯，直至第二次世界大戰之後才返回巴黎。
一九四四年	出版《紀德日記：一九三九至一九四二年》。
一九四七年	獲頒英國牛津大學名譽博士學位、諾貝爾文學獎。出版《梵樂希評論集》。
一九五〇年	出版《紀德日記：一九四二年至一九四九年》。
一九五一年	二月十九日病逝於巴黎。葬於亡妻瑪德蓮墓旁。逝後《遺悲懷》據其指示出版完整版。
一九五二年	羅馬天主教會譴責紀德作品褻瀆聖潔教義，將他的書全部列為禁書。六〇年代才解禁。

GREAT! 51 **地糧・新糧**

作　　者	安德烈・紀德（André Gide）
譯　　者	徐麗松
封面設計	許晉維
責任編輯	徐　凡
國際版權	吳玲緯
行　　銷	闕志勳　吳宇軒　余一霞
業　　務	李再星　李振東　陳美燕
副總編輯	巫維珍
編輯總監	劉麗真
發 行 人	何飛鵬
出　　版	麥田出版 地址：115台北市南港區昆陽街16號4樓 電話：(02)2500-0888 傳真：(02)2500-1951
發　　行	英屬蓋曼群島商家庭傳媒股份有限公司城邦分公司 地址：115台北市南港區昆陽街16號8樓 網址：www.cite.com.tw 客服專線：(02)2500-7718｜2500-7719 24小時傳真專線：(02)-2500-1990｜2500-1991 服務時間：週一至週五09:30-12:00｜13:30-17:00 劃撥帳號：19863813 戶名：書虫股份有限公司 讀者服務信箱：service@readingclub.com.tw
香港發行所	城邦（香港）出版集團有限公司 地址：香港九龍土瓜灣土瓜灣道86號順聯工業大廈6樓A室 電話：+852-2508-6231 傳真：+852-2578-9337
馬新發行所	城邦（馬新）出版集團【Cite(M) Sdn. Bhd.】 地址：41-3, Jalan Radin Anum, Bandar Baru Sri Petaling, 57000 Kuala Lumpur, Malaysia. 電話：+603-9056-3833 傳真：+603-9057-6622 讀者服務信箱：services@cite.my
麥田部落格	http://ryefield.pixnet.net
印　　刷	前進彩藝有限公司
初　　刷	2020年2月
初刷二刷	2024年5月
售　　價	380元
I S B N	978-986-344-724-5

國家圖書館出版品預行編目(CIP)資料

地糧・新糧／安德烈・紀德（André Gide）著；徐麗松譯. -- 初版. -- 臺北市：麥田, 城邦文化出版：家庭傳媒城邦分公司發行, 2020.02
面；　公分（Great! ; RC7051）
譯自：Les nourritures terrestres suivi de Les nouvelles nourritures
ISBN 978-986-344-724-5（平裝）
876.48　　108020319

Printed in Taiwan.